JEAN GALMOT

UN MORT VIVAIT PARMI NOUS

ROMAN

PARIS

A LA SIRÈNE,

BOULEVARD MALESHERBES, N. 29

M.CM.XXII.

UN MORT
VIVAIT PARMI NOUS

JEAN GALMOT

UN MORT VIVAIT PARMI NOUS

ROMAN

PARIS

ÉDITIONS DE LA SIRÈNE

BOULEVARD MALESHERBES, N. 29

MCMXXII

DU MÊME AUTEUR

QUELLE ÉTRANGE HISTOIRE...

ROMAN. A LA LIBRAIRIE FRANÇAISE

13, QUAI CONTI

A

Mᵉ HENRI-ROBERT
Bâtonnier de l'Ordre
des avocats

MAITRE, *vous m'avez demandé un mémoire pour des juges.*

Mais la vie qui va s'éteignant en moi, semblable à la lumière horizontale du couchant, n'éclaire plus que les hauteurs du passé.

Je cherche en vain les mots de colère et de haine... Il est trop tard. Et que dirais-je aux juges?

J'ai construit, sous les tropiques, une maison dont les fenêtres donnent à la fois sur l'Orénoque et sur l'Amazone. Des lotus blancs planent sur les étangs en terrasses; l'ombre des palmiers géants descend sur les îles, et les vents alizés font claquer sur les toits l'oriflamme de mon pays qui pendant trois siècles a dominé cette terre ardente.

Mais les pirates ont donné l'assaut.

Déjà les colonnes de l'édifice menacent de s'écrouler, la moisson desséchée des cannes à sucre brûle dans la plaine... Ils ont chassé les ouvriers des chantiers... Ils ont pillé jusqu'au secret trésor

7

de mon foyer... Et moi, dans la cellule humide et glaciale, puis dans la chambre d'hôpital où ils me tiennent enfermé. je ne vois plus le jour qu'à travers un grillage.

Je cherche en vain les mots de colère et de haine. L'horizon qui s'ouvre derrière la pénombre douloureuse du présent, est un embrasement de lumières. La lumière du passé jaillit entre les murs qui m'entourent comme une eau grondante à la barrière d'une écluse.

Maître, vous m'avez demandé un mémoire...

Dans la nuit qui m'enveloppe, je n'ai trouvé que ce rêve semblable au fond de mon âme à un fleuve phosphorescent, un soir dans la jungle.

Pendant que les pirates se partagent le butin, j'écris ce qui remplit ma vie. Tout le reste n'est rien.

Au placer Elysée, dans la haute Guyane, un homme a vécu parmi nous qui n'était qu'une ombre. Il avait une âme délicate et tendre, des vêtements à l'ancienne mode et un corps translucide.

Ce n'était qu'un esprit... et pourtant nous l'avons vu, nous lui avons parlé, il a été notre compagnon dans la jungle aux murs de lianes, d'orchidées et de colibris, dans la jungle aux murs vivants.

Un homme de l'autre monde est venu parmi nous. Il est venu par le même sentier qui avait ramené au camp de chercheurs d'or, Pierre Deschamps, le chef dragueur, et Marthe, l'ensorceleuse...

Maître, voici le livre de l'Aventure... je vous l'offre.

Il n'y a pas un mot, pas une image dans ce récit qui puisse m'être imputé à mensonge. Je fais serment d'avoir dit la vérité.

Si j'ai changé l'orthographe des noms, je sais que les hommes dont j'invoque le témoignage attesteront les faits rapportés par moi, car, nous, les survivants de ce drame : l'ingénieur Delorme, Pierre Deschamps et les mineurs revenus avec nous, quel motif aurions-nous de mentir?... Aucun de nous n'attend plus rien de la vie. Nous n'avons quitté la terre magique qui connaît la nouvelle Révélation que pour venir ici professer notre foi.

Et parce que je vous ai connu, vous, athlète aux poings dressés vers le ciel, vous dont l'âme étincelante est comme un phare dans la tempête, vous à qui je dois d'être encore vivant, je n'ai plus rien à redouter du mensonge et des hommes.

J. G.

CHAPITRE PREMIER

C E n'est pas ici une place pour une femme... dit l'ingénieur.

Le boy eut un éclat de rire et sauta à pieds joints dans un godet de la drague pour éviter une gifle qui fit une arabesque dans le vide.

Un Indien bâti en géant, se dandinait, les pieds dans la boue.

— Nous l'avons chargée à Mana, avec la ferraille, dit-il. Elle a payé son passage de trois barils de corned-beef. Elle ne doit rien. Elle est là...

— Il n'y a rien à faire pour une femme ici... répéta Delorme, les mains derrière le dos.

Quelques hommes étaient assemblés autour de l'ingénieur. L'Indien les dominait tous. Haut de deux mètres, il avait une poitrine et un cou anormalement développés, la mâchoire massive et des jambes en forme de colonnes qui s'enfonçaient dans le sol, comme des troncs d'arbres. Tout, dans son visage et dans la puissante structure de son corps, indiquait un être dont la force était l'unique loi. Cependant, ce qui impressionnait surtout en lui, c'était son regard fixe de fauve. Ses prunelles brillaient d'un feu noir de diamants; et il y avait, dans les cavités profondes de ses yeux, une lueur phosphorescente que l'éclat du jour voilait comme un brouillard.

La nuit soudaine des tropiques s'annonçait par la chute d'un toit de brume sur la forêt. Une équipe de coupeurs de bois déboucha de la brousse et s'engagea sur le sentier de la colline opposée, semblable à une longue chenille noire.

Le veilleur de nuit escalada l'élinde de la drague, une lanterne à la main.

Le lourd silence du soir mettait une ombre livide sur les visages exténués des hommes.

Delorme haussa les épaules, et dit :

— C'est bien.

Quand le cortège arriva au camp, la jeune femme était déjà là.

— Je suis, dit-elle, la femme de Pierre Deschamps. Je viens rejoindre mon mari. Il m'a écrit...

— Pierre Deschamps est parti depuis deux mois. Il a pris un chantier à Enfin.

Delorme s'assit sur la table, plaça ses jambes en croix et commença à râcler au couteau la boue qui couvrait ses bottes.

Un forçat évadé, très pâle, les yeux injectés de bile, le corps décharné par les longues fièvres, rampait autour de la table, à la façon d'un esclave, en disposant les assiettes en bois, les verres et les préparatifs du repas.

Se tenant à distance respectueuse, par crainte des coups, il dit, les yeux tournés vers l'ingénieur :

— Faut-il mettre un couvert pour la dame ?

Delorme ne répondit pas. Il se dressa pour enlever sa veste de cuir, s'étira longuement et partit en sifflant.

Des lucioles, qui tremblaient dans l'encadrement de la porte, entrèrent soudain d'un trait et disparurent noyées par la lumière des lampes.

Les hommes qui arrivaient étaient tous semblablement vêtus de culottes de toile bleue, retenues par de larges bretelles de cuir sur une chemise de flanelle. Ils portaient tous une barbe grossièrement taillée à la tondeuse et de grands chapeaux américains en feutre épais.

Ils étaient de races différentes, mais la vie qu'ils menaient les avait réduits à peu près à un même type : visages émaciés par la fièvre, durcis par le travail et les privations, muscles de fer, regards aigus comme ceux des bêtes habituées au danger toujours présent.

On distinguait avec peine les mulâtres et les blancs. Les visages, brûlés par le soleil, avaient le même éclat, ardent, patiné, sous la barbe malsaine. L'accent créole, aux *r* mouillés, distinguait les hommes nés sous les tropiques.

Noirs et blancs, métis d'Indiens et mulâtres, tous savaient ce qu'est la vie. Ils avaient eu la même part d'aventures sur cette terre pétrie d'or; ils avaient le même amour farouche de la liberté, la même passion pour l'or vierge. Prospecteurs et mineurs, nés pour la plupart à la Guyane, ils ne pouvaient concevoir qu'une autre vie pût être vécue.

La lutte en commun, les dangers et le travail partagés chaque jour, dans le même idéal, l'étroitesse même de l'horizon de leurs âmes, leur donnaient cette fraternelle égalité qui supprimait les barrières des races. Seuls, les noirs purs gardaient une orgueilleuse réserve qu'ils s'efforçaient en vain de masquer sous l'affabilité naturelle à la race.

Delorme, l'ingénieur de la drague, avait été nommé directeur par la Compagnie. Il n'utilisait ce titre que pour la signature du courrier aux rares jours où un canot descendait à Mana. Loubet, le chef mécanicien, avait gardé de son long séjour sur les vapeurs de la Transat la démarche ivre des matelots. Le magasinier Ganne, long et décharné, chantait. Il n'avait ni âge, ni nationalité, ni race. Il parlait le taki-taki des Saramacas et la langue rauque des Indiens aussi parfaitement que le hollandais, le français et l'anglais. Les maraudeurs venus des colonies voisines de Surinam et de

Demerara reconnaissaient par là son autorité, dont il usait pour frauder les balances à or.

La jeune femme les dévisageait ainsi, cherchant à lire sur le visage de chacun d'eux, l'histoire d'une vie tourmentée.

— Vous partirez au premier canot, dit tout à coup Delorme, tournant ses yeux bleus au regard aigu sur la femme à qui personne n'avait parlé pendant le repas.

— ...

— Nous attendons un canot sous huitaine... si la baisse des eaux le permet, acheva-t-il.

La jeune femme, les coudes sur la table, soutenant de ses mains une tête fleurie de boucles blondes, dit après une longue hésitation :

— Pierre Deschamps ne vous a-t-il jamais parlé de moi?

Les hommes secouèrent la tête.

Le forçat avait accroché un hamac dans un angle obscur de la salle. Pour se protéger des vampires, il portait une cagoule, faite avec la toile d'un sac de farine, et qui le faisait ressembler à un moine ou à un bourreau.

II

JE raconte à ma manière les choses qui se sont passées au placer Elysée, sur la crique Lézard. Vous me comprendrez, bien que je ne puisse pas dire tout ce que j'ai vu, car il y a encore des hommes vivants parmi ceux dont l'histoire emplit ce livre, et parce que la femme qui est là, pleurant dans cette première nuit sur la mine, pleurant de crainte et d'abandon, pendant que la jungle endormie rêve à haute voix auprès d'elle, parce que la femme qui est là, dans ce pauvre livre, est la plus belle image, le plus beau souvenir, la lumière qui éclaire encore et guide toute ma vie.

— Que faire? dit Delorme. La crique est sèche... qui peut savoir quand reprendront les pluies? Et cette femme qui tombe du ciel... Elle n'est utile à rien. Le diable m'emporte si j'ai jamais vu une femme blanche sur un placer...

Les hommes, absorbés par les soins de la nourriture, écoutent distraitement et approuvent en hochant la tête.

Les paupières rougies par l'insomnie, très pâle, la jeune femme, s'adressant à l'ingénieur, debout

16

sur le seuil de la porte, parle d'une voix qui tremble légèrement :

— Je n'ai besoin de personne, dit-elle, je suis habituée à la vie des bois. J'ai de l'or pour payer ma nourriture au magasin. J'attendrai les hautes eaux...

Les hommes, penchés sur la table, se regardent à la dérobée, sans répondre.

— Je crois qu'il y a un tracé du placer au dépôt Lézard pour retrouver le fleuve...

— ...

— Peut-être pourrais-je faire la route à pied... Il me faudrait un guide...

— Il n'y a pas de guide... Nous avons besoin de nos hommes...

Comme la jeune femme descend, Delorme la rappelle :

— J'espère que vous ne vous ennuierez pas trop... fait-il, avec une hésitation dans la voix.

Appuyée sur l'échelle qui monte à la case bâtie sur pilotis, la jeune femme montre à ras du sol sa tête ébouriffée :

— Je ne m'ennuie pas... J'ai seulement un peu peur de vous...

Un éclat de rire. Les hommes se regardent et partent à nouveau d'un grand rire qui secoue la table.

17

III

COMMENT vous appelez-vous?

Surprise à ma voix, la jeune femme se retourne, hausse les épaules et disparaît dans le carbet.

Les rayons du soleil s'étalent, obliques, en éventail, sur le plateau du camp. Ils sont chargés de feu, barres d'or sortant d'un brasier.

— Vous ai-je offensée? Je suis un homme maladroit... Pourquoi ne venez-vous plus aux repas? Tout le monde vous regrette, et personne n'ose vous le dire...

Elle porte un affreux pyjama qui la déshonore. Il y a dans la chambre des fleurs qui ressemblent à des lys sans parfum. Les volets clos font une pénombre que raient de longs fils de lumière. Le soleil jaillit en faisceaux pressés entre les planches qui sont les murs de la maison.

— Je suis ici l'agent de la Compagnie... Je n'ai qu'un travail d'écritures. C'est pour cela que les hommes me méprisent. Ils ne sont pas méchants... La brousse les a formés à son image. Ils vivent une vie intense qui est en eux-mêmes, et que les autres hommes ne comprennent pas.

— Je les connais bien... Ils sont grossiers, généreux et bons. Qu'importe... je m'ennuie...

— Venez visiter le camp.

Mais rien ne l'intéresse, et mon verbiage l'ennuie.

Elle s'empresse dans la case où l'éclat du jour pénètre en longues lames d'or étiré, parallèles.

Elle a des yeux qui sont verts et gris, bleus et violets et qui changent à chaque heure du jour, et dont l'éclat suit l'intensité de la lumière ou de la nuit.

Elle est blonde, grande et robuste. Sous la peau, que le soleil a brunie, de jeunes muscles bandent sous l'effort et témoignent qu'elle a longtemps pagayé.

Je sais maintenant qu'elle s'appelle Marthe.

Un visage d'enfant, des cheveux en boucles, un léger embonpoint de jeune animal sain; et ce vêtement d'indienne et de tussor souple comme une gaze, et qui la laisse presque nue...

— Je crois avoir entendu les tigres, cette nuit, dit-elle.

IV

JE n'ai jamais vu de créature aussi bizarre...

L'Indien ne parle à personne. Il va, semblable à un être égaré dans la vie. Son regard fixe les yeux et pénètre l'âme. Il exprime sa pensée par des gestes courts et rapides.

Et il rêve... Assis pendant des heures devant la balustrade qui domine la vallée, il regarde au loin devant lui. Il est enveloppé de mystère. Il y a, le soir, autour de lui, une lumière phosphorescente, comme si un feu intérieur le brûlait.

J'essaye en vain d'être son confident. Je ne peux rien apprendre de lui.

— Pourquoi parles-tu? dit-il; quel besoin as-tu de tes lèvres pour exprimer ta pensée? Tu es comme un ara turbulent, comme un singe rouge qui s'agite et crie, comme un sourd qui pousse d'absurdes clameurs...

— ...

— Je connais le secret de ton âme, les images et les pensées qui sont en toi. Ne parle pas... Lis dans mes yeux, ils te diront les mouvements de mon esprit...

Malgré son mutisme, l'Indien a l'allégresse matinale des oiseaux et des enfants bien portants. Il ne rit jamais, et cependant sa bonne humeur est contagieuse. Quelle que soit l'heure, à midi lorsque le camp embrasé est désert, le soir lorsque l'ombre des cocotiers est allongée sur le sol, toujours le rayonnement qui vient de lui met le cœur en joie pour le reste du jour.

La vie semble déborder de sa puissante structure. Ses yeux me fascinent; lorsque ses doigts pressent les miens, et surtout lorsque, dans un geste qui lui est familier, il applique les paumes de ses mains sur mon front, je sens en moi un frémissement suivi d'une torpeur soudaine, délicieuse comme une ivresse.

Je l'ai quitté ce soir. Il était accoudé à la haute balustrade de wacapou, si profondément absorbé dans sa méditation, que je n'ai pas osé lui parler.

Dans la case commune où les hommes du camp vont et viennent avant le dîner, la silhouette de l'Indien apparaît tout à coup. Ce n'est qu'une ombre qui marche, sans toucher le sol, et qui semble translucide...

La lampe suspendue, balancée par le vent du soir, promène sur le plancher et sur les meubles des écharpes de lumière trouble et rougeâtre. J'ai vu dans le clair-obscur, passer l'Indien qui a traversé la salle et qui s'est engagé sur le sentier conduisant au lac...

J'hésite cependant... et je crois que mes yeux n'ont vu qu'une image créée par mon esprit, car l'air n'a pas frémi au passage de l'homme, le plancher élastique et bruyant n'a pas révélé les pas robustes du lourd géant.

En me détournant, j'aperçois en effet l'Indien dans la position où je l'avais laissé quelques instants auparavant.

D'un élan, je viens à lui, et le secouant violemment :

— Que fais-tu ici?

Il semble n'être plus un homme vivant. Son regard froid me fixe comme s'il n'était qu'un cadavre. Je prends ses mains; elles sont tièdes et moites.

— Viens, dis-je avec colère.

Il se retourne pesamment; ses bras s'appuient à nouveau sur la barre de wacapou, large comme un bastingage.

Les hommes du camp haussent les épaules à mes questions.

— L'Indien a traversé la salle, dis-je passionnément... vous l'avez vu? Et pourtant il n'a pas quitté la terrasse. Je lui ai parlé... Il est inerte et hagard comme un homme qui aurait perdu son esprit.

Mais personne ne veut prêter attention au miracle. Cela ne mérite pas un pareil émoi. Il faut s'attendre à tout de la part de certains Indiens...

Ils se dédoublent, ils se font invisibles, ils marchent au ras du sol sans laisser aucune trace; ils sont pour les Blancs, déprimés ou exaspérés par le climat torride, des sujets d'incessantes et mystérieuses hallucinations.

V

ON ne la voit plus... dit Delorme.

La drague mugit. La chaîne à godets grince sur les tourteaux avec un bruit de train en marche et de roues de moulin. Les hommes éclaboussés de vase s'agitent et crient.

Je ne sais si l'ingénieur se parle à lui-même, car son regard reste fixé sur les creusets d'acier qui montent lentement, lourdement chargés de boue et d'eau. De temps à autre, il plonge le bras dans la vase nauséabonde, et retire une poignée de glaise qu'il examine avec attention.

— C'est à n'y rien comprendre, dit-il, en lavant une pépite au creux de la main. La prospection n'a pas donné la couleur, et cependant chaque godet contient de l'or.

Et, soudain, les yeux sur moi :

— Qu'est-ce que nous lui avons fait pour qu'elle boude ? Est-elle malade ?

Un hurlement de sirène annonce la fin de la journée. Avec des soufflements ralentis, les moteurs s'arrêtent. Un treuil, lancé à toute volée, fait un bruit de ferraille comme une chaîne d'ancre tombant à la mer. Puis, soudain, le silence.

Sur les fronts bourdonnants des hommes, étourdis par dix heures de vibrations métalliques, le silence s'applique comme un casque et bouche les oreilles.

Titubants, ivres de bruits et de fatigue, imprégnés de l'odeur de la boue pestilentielle, les hommes partent à la file indienne vers le camp. Le sentier longe le lac creusé par la drague.

Sur les flancs du coteau s'étagent les cases des ouvriers. Des jardins plantés de bananiers et de maïs; des parcs fermés par une palissade en piquets de wara où les agamis sauvages gardent des poules comme nos chiens de berger gardent les moutons; un bassin d'eau claire; et, tout en haut, la maison sur pilotis du personnel de la drague.

Delorme, penché sur sa barbe, les genoux fléchissant à chaque pas suivant l'usage des hommes trop grands, songeait, en gravissant la côte, à cette maison qui lui apparaissait maintenant si misérable.

Il revoyait les planches placées sur des chevalets en forme de table, les vêtements de cuir jetés sur le sol, les outils épars, et tout le délabrement de la salle commune d'un camp de mineurs.

Après le bain du soir, il rôda entre les cases alignées sur le terre-plein qui formait une vaste terrasse. Un secret désir le poussait vers le carbet de

Pierre Deschamps où habitait la jeune femme. Il passa devant la porte. La case était vide.

Delorme, se dirigeant vers la maison commune, fit un détour pour éviter l'Indien dont la haute stature barrait l'horizon, comme un croiseur à l'entrée d'un port. Une crainte secrète l'éloignait du géant.

Il vint s'asseoir sur les premières marches de la terrasse et regarda la naissance des étoiles. Elles éclataient dans la nuit, l'une après l'autre, comme les lumières de la ville, très au loin au fond d'une rade.

Une lourde chaleur humide collait aux épaules ainsi qu'un drap mouillé d'eau tiède.

Le cœur serré d'une angoisse indéfinissable, l'ingénieur eut la sensation qu'un être très cher venait à lui, dont il ne pouvait dire le nom, ni évoquer l'image avec précision. C'était un trouble inconnu, d'une sensualité profonde, qui donnait à ses lèvres un goût sucré et qui lui rappelait l'émoi de sa première adolescence.

Tout à coup, sur le tracé, il vit venir des robes blanches. Les ombres, sorties du marécage, s'avançaient en hésitant... Maintenant, des jeunes filles, se tenant par la main, riaient et couraient vers lui, en farandole. L'une d'elles passa si près qu'il sentit sur son visage le remous frais du vent secoué par une robe.

Du village des mineurs, venait la musique habituelle du soir : des lamentations d'accordéon et des chants.

Les jeunes filles en robe blanche cueillaient, aux palissades du camp, des roses dont elles avaient les bras chargés et qu'elles portaient en cortège à la case de Marthe Deschamps.

Un bien-être nouveau lui était venu. Il se sentait enveloppé de la présence de la femme. L'homme, qui s'est trouvé éloigné longtemps de l'odeur subtile de la femme, sent naître en lui un mal inconnu dont il ignore la cause et que rien ne peut guérir. C'est une plaie qui grandit chaque jour, et dont la mystérieuse souffrance explique tant de drames de la jungle.

Quand Delorme entra dans la salle, les hommes étaient assis et mangeaient. Pour la première fois, le repas avait commencé sans lui. Il vit que la table, couverte d'une nappe, était chargée de vaisselle claire. Il y avait des fleurs aux deux extrémités.

Personne ne fit attention au retard de l'ingénieur. Marthe Deschamps se tenait en face de lui, à la place d'honneur. Elle lui sourit. Il ne sut pas répondre; il voulut gourmander le forçat pour se donner une contenance et ne trouva pas les mots habituels.

Il lui sembla que les hommes étaient intimidés par leur tenue débraillée. Cependant, ils parlaient, comme tous les soirs, de la production et du travail de la journée.

Elle était là, en robe claire, toute semblable aux jeunes filles qui lui avaient rendu visite tout à l'heure. Il n'osait pas entreprendre une conversation, de peur de la froisser.

— Nous aurons sans doute le courrier avant un mois, dit-il soudain.

Une rougeur lui vint au front. Les convives le regardaient sans répondre. Il se reprocha ce propos, craignant qu'elle le considérât comme une allusion à son départ.

Un silence timide et heureux pesait sur cette table habituée aux clameurs des coureurs des bois réunis.

Ainsi la paix descend parfois au cœur des hommes.

VI

QUELLE vie ardente dans la vallée...

La drague au travail rugit. Les coups de compresseurs, les hurlements des sirènes, les cris des treuils, les grondements métalliques de l'élinde, les vibrations des tables de séparation semblables à d'immenses cribles, les gémissements des godets dégouttant de boue jaune et cheminant lourdement sur les plans inclinés, tous les bruits d'une cité bourdonnante d'usines emplissent l'air d'une clameur ininterrompue.

Sur la berge du lac, les tracteurs rampent avec un crépitement de moteurs. Des troncs d'arbres en grume, halés par les filins d'acier invisibles, ressemblent à de monstrueuses chenilles sortant à la file de la brousse. Ils buttent aux roches du chemin, basculent, contournent les obstacles, et vont, avec de courts soubresauts, agiles, ballotés et houleux, vers la scierie qui les dévore.

La scierie stridente a des toits de zinc qui flamboient au soleil. Une longue vibration, aiguë et douloureuse aux nerfs, secoue l'air embué de poussière de bois. Par le pan ouvert, les arbres couchés entrent un à un, et très vite, comme les pirogues sous la voûte des palétuviers au tournant d'un rapide.

Les excavateurs accrochés au flanc de la colline mordent la pierre et crachent en sifflant. Alignés devant la faille du rocher béant, ils sont comme des terrassiers noirs chargeant en cadence les wagonnets actionnés par une force mystérieuse.

A l'est, une falaise, attaquée au monitor, s'effrite et s'écroule. Une rivière de boue et de sable descend en cascade vers les sluices étagés en aval. On entend les coups de marteau des pistons des pompes dissimulées dans une tranchée.

Les machines fouillent le sol, lavent les alluvions, abattent les quartz, transportent les matériaux et bouleversent l'ordre des choses, sans que l'homme apparaisse dans ce formidable labeur.

Les ouvriers du placer, disséminés parmi la machinerie géante, tiennent moins de place que les ombres errantes des aras voletant sur le lac.

La vallée de l'Elysée gémit, gronde et crépite parmi les détonations des coups de mine et le fracas des moteurs. Les gestes et la voix des hommes ne sont rien dans cette agitation qui transforme le monde, dans cette clameur qui fait osciller les colonnes de l'air.

Et cependant, l'âme humaine seule peuple cette ruche au travail.

De la terrasse du camp d'où je vois luire au loin

les feux des chantiers je ne vois que l'image des hommes, je n'entends qu'une large voix humaine déployée sur la plaine.

Je sais bien que les hommes, seuls, ont créé cette force. Ce soir, Delorme apportera la production d'or. Assis devant la grande table, ayant à ses côtés Ganne, Loubet, Marcellin et Colbert, il pèsera les pépites et la poudre d'or pressée dans les peaux de chamois. Puis, tous signeront le procès-verbal pour la Compagnie. Leurs yeux auront des regards aigus de convoitise, les plis de leurs visages frémiront devant l'or étalé. Il n'y a pas solution de continuité entre l'âme obscure de ces hommes et le métal brillant, il n'y a qu'une gradation de lumière. Toute leur vie n'a qu'un seul objectif : l'or. C'est pour lui qu'ils vivent ici, pour lui qu'ils souffrent cette vie d'enfer dans la fournaise du marécage. Il n'y a pas de place dans leur esprit pour d'autre passion que la passion de l'or.

Un nuage glisse sur mon front; un court vertige m'oblige à m'appuyer au parapet.

Sur la terrasse où j'étais seul, un homme est venu dont les pas sont comme une trace sur l'eau. Il est là, près de moi, et je sens sur mes épaules un fardeau qui m'accable.

C'est l'Indien. Il se tient debout et regarde l'horizon. La flamme qui jaillit de ses yeux est douce et pénétrante; elle est dorée et semblable aux rayons du soleil.

Sa main s'est levée... Les ronflements de houle des chantiers dans la plaine s'apaisent. Les trains d'arbres qui rampaient sur le sol à la façon des reptiles s'arrêtent lentement. Les cuves pleines de boue aurifère qui escaladaient les tours de la drague, et les pelles à vapeur pivotent sur le sol en geignant sous leur fardeau. Et les lourds plateaux de la scierie, les locomobiles et les tracteurs, s'arrêtent, un à un, comme si tous dépendaient d'un unique moteur soudain immobilisé.

Les deux mains tendues vers le ciel, l'Indien ressemble à un prêtre en prières.

La force qui se dégage de lui, et dont le rayonnement m'enveloppe et me pénètre, semble tenir le monde en haleine. La forêt, engourdie, soupire à peine.

Et voici que, sortant des chantiers, innombrable, affolée et précipitant sa course, comme la limaille d'acier attirée par un aimant, la poussière bariolée des hommes jaillit du sol et se répand sur la route qui conduit à l'Indien.

Le Soir, vêtu de soie violette, conduit le cortège des hommes. Des ombres roses et mauves s'étirent sur le marécage en larges éventails.

Le Soir déroule de longs tapis pourpres et bleus sur le sentier où les pas des hommes font un bruit de fourmilière en marche.

Ingénieurs et contremaîtres blancs et noirs, mineurs de toutes races, métis sans patrie venus on ne sait de quelle frontière, nomades et hors-la-loi se soumettant à l'atroce rigueur du travail pour ne pas mourir de faim, toute la foule des bêtes humaines qui obéissent sur cette terre libre à la volonté de la Compagnie, tout le troupeau exténué des esclaves, chemine sur la route écarlate, derrière le Soir, dieu rouge.

Derrière le Soir, dieu rouge, viennent les hommes qui répondent à l'appel de l'Indien, dressé sur l'horizon, les bras en croix, étincelant de lumières comme un arbre mort frappé par la foudre.

Derrière le Soir, pasteur des peuples, viennent les hommes harassés, épuisés par le jour, et sans nombre.

Et, comme monte l'eau d'un mascaret, les choses silencieuses s'engagent à leur tour sur la route éblouissante. La drague, secouée d'un court frémissement, s'ébranle et glisse sur le lac; son large toit de zinc, rutilant sous les feux du crépuscule, la fait ressembler à quelque héron blanc séchant ses ailes déployées, à la dérive, sur le fleuve.

Dans la brume de mousseline rose, les tracteurs, les tanks, les scies géantes et les chaudières sur

roues, gravissent lourdement la colline et disparaissent sous la neige sanglante qui tombe, à
chaque minute plus épaisse, du ciel en feu.

Puis, avec les mouvements du brouillard et le
vent qui se lève, la Forêt, dont les frondaisons
seules restent éclairées, appareille, et roule lourdement dans la brume, comme une flotte quittant le
port.

Maintenant, l'Indien, debout, a reçu dans ses
bras le Soir frémissant qui l'étreint. Ils ne sont plus
qu'une seule ombre vers quoi converge le monde.

VII

QUELQUES coups frappés au volet éveillèrent Marthe. Trois coups légers, semblables au picotement du pic-vert sur un arbre, dans le lointain.

Dressée sur son séant, elle passa ses mains sur ses yeux, secoua ses cheveux épars, et s'aperçut qu'elle était nue. Elle caressa ses seins qui lui parurent plus lourds. La caresse l'abattit sur le lit moite. Elle ajusta le pyjama défait et ferma les yeux.

— C'est moi... il est l'heure, dit une voix. C'est la Lumière...

— Pas encore...

— Lève-toi... Les rêves du matin sont mauvais. Regarde... mes bras sont chargés de rayons dorés...

La Lumière, avenante et fraîche, allait du lit obscur à la porte encadrée d'aurore. Sa chevelure phosphorescente laissait une poussière d'or sur son passage.

— Lève-toi... le soleil vient. On le voit poindre au bord du marécage.

— ...

Marthe, le front sur l'oreiller, croyait dormir encore. Alors, la Lumière se pencha, souriante, et mêla ses cheveux à ceux de la jeune femme. Ce fut un rayonnement de feux blonds dans l'ombre.

D'un élan, Marthe prit à pleins bras la déesse, et la coucha sur les draps odorants.

Dans la chambre obscure, il n'y avait plus que ce corps nu et frémissant de femme blonde, irradiant sa lumière, éblouissant comme un brasier dans la nuit.

L'abri sous lequel Marthe prenait son bain matinal était masqué par un rideau de bananiers, au fond du jardin.

La jeune femme qui traversait en courant une allée encadrée d'hortensias, s'arrêta net, ramenant autour d'elle les pans éployés du peignoir.

L'Indien, venu on ne sait d'où, était devant elle et saluait en portant ses mains à son front.

— Encore... fit Marthe avec colère, va-t'en.

— ...

— Que fais-tu ici?

L'Indien balançait maladroitement ses bras énormes; il expliquait la raison qui l'amenait.

Mais Marthe avait déjà disparu derrière les larges feuilles ovales des bananiers luisants qui reflétaient l'image verte du soleil.

VIII

LE diable ne s'y reconnaîtrait pas..., dit une voix. Les fleurs semblent pousser sous vos pas.

Marthe répondit en riant. Les fleurs, des roses rouges de France, emplissaient son jardin. D'où venaient-elles?

Marcel Marcellin, créole de Cayenne, noir comme un geai, les épaules trop larges, petit et trapu, expliquait le miracle.

Un ingénieur de l'ancienne Compagnie de la Mana — cela datait d'un quart de siècle — avait reçu par la poste une bouture de rosier. La bouture avait fait merveille. Pendant vingt ans, les roses du placer Elysée avaient été célèbres en Guyane.

— Je les ai retrouvées, dit Marthe.

Elle regardait avec attention l'homme qui lui parlait, et dont toute la personne, à la fois élégante et robuste, respirait la force et la franchise.

— Ainsi, ce matin, dit-elle, vous avez entrepris de venir faire la cour à mes roses.

Il sursauta. Son regard s'arrêta sur les fleurs que la jeune femme tenait à brassée. Puis, il baissa le front...

Comme il allait parler, la voix de Delorme gronda :

— Marcellin, le câble de l'élévateur est rompu.
On vous attend sur la drague.

Qui donc a transformé la salle commune ? On
ne la reconnaît plus; elle est pimpante et décorée
comme un hall de Trinidad.

Les hommes viennent au repas du soir en veste
blanche. Loubet, le chef mécanicien, Ganne, le
magasinier, et Devey, l'homme du compresseur,
ont fait couper leur barbe. Blondel, le prospec-
teur, a perdu ses moustaches gauloises.

Il y a des fleurs sur tous les meubles; des poteries indiennes font une tache rouge çà et là. Quelques rideaux blancs, des rocking-chairs, des livres
épars... De longs voiles de gaze flottent aux portes... Une femme habite cette maison.

Dieu me pardonne! le parquet est ciré... Devey,
Blondel, Loubet, Colbert le beau mulâtre, et
Delorme lui-même, accroupis sur le sol, ont, un
dimanche, ciré les planches à la bouteille.

IX

QUAND l'ombre les rapproche, les arbres parlent entre eux. Ils chuchotent à voix basse les événements du jour. Les yeux fermés par la nuit, ils se recueillent... Comme les femmes, à la veillée, ils bavardent et radotent : ils n'ont rien à se dire, et n'en finissent pas :

— Les singes rouges sont partis... Comment ont-ils pu passer la rivière puisqu'il n'y a pas de branches sur l'eau ? Reviendront-ils ? Ils ont mangé toutes les noix des balatas. Nous étions habitués à leurs cris et à leurs jeux...

— Le vautour « grand-bois » qui chassait ici l'an dernier est revenu; il conduit une bande...

— Le tigre a gratté mon écorce et fait saigner la sève...

— Les bûcherons ont marqué à la hache le grignon orgueilleux qui étalait un parasol sur nos têtes...

Ainsi parlent les arbres quand l'ombre les rapproche.

La lune équatoriale éclaire la forêt d'une lueur diaphane. Le jour n'est pas plus lumineux par un ciel gris, à midi, en Europe.

La main dans la main, nous suivons, au bord de la vallée, le tracé des mineurs.

Bottée très haut, le fusil en bandoulière, Marthe m'entraîne je ne sais où. Elle marche à longues enjambées, régulières et rapides, à la façon des Indiens.

Les ombres des arbres, très longues, s'étirent, découpées en fines dentelures et dessinées à l'encre de Chine sur le marais d'argent.

Nous allons sans mot dire. Parfois, elle me regarde et sourit avec malice.

— Où allons-nous, Marthe ?

— A l'aventure...

Le tracé entre, à angle droit, dans la forêt. La chaleur, emmagasinée pendant le jour, s'exhale lentement en buée transparente à travers les rideaux de lianes.

Au sommet de la colline, le chemin bifurque.

— Nous n'irons pas plus loin... Voici le sentier des maraudeurs...

Marthe ne sait pas, sans doute, qu'un parti des nôtres est embusqué, cette nuit, à l'entrée de la crique, au débouché du sentier, pour mettre à la raison les maraudeurs qui viennent piller le placer. Les maraudeurs sont les parias de la jungle. Ils ne

connaissent d'autre loi que le droit du plus fort...
Il y aura ce soir une rencontre...

— Je le sais, dit-elle... Nous sommes armés...
Que craignez-vous ? Les hommes qui attendent,
en bas, n'ont pas peur...

Le front barré d'une ride de colère, elle s'a-
vance résolument.

— Ce serait une trahison, Marthe... Les maraudeurs verraient nos pas et surprendraient nos
hommes.

Elle s'arrête, revient, et réfléchit un moment.

Un coup de feu. Puis, une salve... Une flamme
jaillit derrière un rideau de bambous. Au bas de
la vallée, un incendie s'allume.

Marthe a disparu... Je cherche en vain sa
trace. Elle s'est élancée à travers bois.

Delorme veille dans la salle. Il sursaute à mon
entrée. Les yeux clignotants sous l'éclat des lampes, je reste debout sur le seuil.

— Surpris de vous voir, dit-il...

— Avez-vous besoin de moi?

— Non... à moins qu'il y ait des blessés...

Nous nous tenons un instant silencieux, face à
face, hostiles. Il me dévisage en-dessous, comme

s'il devait lire dans mes yeux le motif de ma visite insolite.

J'attends encore, et cependant j'ai décidé de lui raconter l'affaire. Je voudrais auparavant trouver une raison à l'étrange conduite de Marthe.

Delorme descend sur la terrasse, revient, et m'interpelle en riant :

— La promenade au clair de lune... vous avez cru que c'était pour vous, hein?

Il s'esclaffe. Désemparé et humilié, j'hésite à répondre. Il se tient debout en face de moi, les bras croisés, riant toujours.

Mais un brouhaha se produit au dehors. On entend les voix des hommes qui rentrent, et se séparent en se saluant bruyamment.

Dans le carré de lumière projeté sur le terre-plein par la lampe que Delorme tient haut levée, Marcel Marcellin s'avance :

— Du nouveau? interroge l'ingénieur.

— Presque rien... Les hommes ont tiré sur un carbet. Ils avaient cru entendre le déclic d'un fusil qu'on arme. La fusillade a incendié le carbet...

— Des blessés?

— Pas de notre côté. Il n'y a, d'ailleurs, pas eu de riposte. Je crois que le carbet était vide...

— Aucun incident?

— Aucun...

Après le départ de Marcellin, Delorme écrit

quelques lignes sur le journal du camp. Puis, se tournant vers moi :

— Un rude gaillard, dit-il, courageux, discipliné...

— Je ne savais pas que vous lui aviez confié cette mission...

— Volontaire... Il s'est offert ce soir, à l'improviste...

Quand l'aube les sépare, les arbres, à nouveau, parlent entre eux. Ils pérorent comme des ménagères, encore mal éveillées, le matin, sur le pas de leur porte. La Nuit les a emmaillotés de longs fils blancs de brume. Ils secouent au vent leurs chevelures, où des duvets sont accrochés. Le jeune soleil, couché horizontalement, projette, entre eux, des chemins de lumière.

Les arbres, hâtant leur toilette matinale, s'en vont, à l'aube, vers les profondeurs mystérieuses. Autour d'eux, courent joyeusement les bêtes de la jungle ; sur leurs têtes, les oiseaux font cortège et crient sans arrêt.

Je voudrais, ce matin, comprendre les voix que disperse le vent dans les frondaisons froufroutantes... Ce ne sont que murmures et piaillements.

Voici le tracé des mineurs, au bord de la vallée, par où nous allions, cette nuit, la main dans la main.

Elle riait et m'entraînait... Mais je ne savais pas qu'un homme l'attendait à l'entrée de la crique, au débouché du sentier des maraudeurs.

X

DANS la nuit qui tapisse de soie noire les murs ajourés de la case, Ganne et Loubet, seuls, écoutent l'amoureuse musique.

L'Indien, accroupi, tient sur ses genoux la viole plate à sept cordes, qui pleure.

Les deux hommes se tiennent serrés l'un contre l'autre, semblables à des enfants apeurés au récit d'un conte de fée.

C'est un balancement langoureux, une longue phrase indéfiniment répétée, émouvante et simple comme une barcarolle, et qui cependant ne peut en rien être comparée à la musique d'Europe. Il faudrait, pour la pouvoir redire, connaître le vent, le frémissement de l'eau sous les feuilles, les cris des oiseaux et le désespoir des singes abandonnés.

Peu à peu, la silhouette de l'Indien s'estompe et disparaît. La viole inclinée, brille seule dans la nuit profonde; il y a autour d'elle comme une lueur pâle qui monte avec l'étrange symphonie.

Ganne et Loubet suivent sur les cordes les mouvement de l'archet qu'aucune main ne dirige. Ils ont maintenant la certitude que l'Indien à qui ils ont parlé n'est plus là, bien qu'aucun craquement du plancher n'ait signalé son départ.

Le miracle qui, le premier soir, les avait troublés jusqu'au fond de l'âme, n'est plus qu'un mystère merveilleux qui fait vibrer délicieusement toutes les fibres de leur être. Ils savent que la nuit profonde a, sous les tropiques, de magiques secrets.

Peu à peu, les lentes phrases musicales, entre-coupées de longs soupirs, s'éteignent une à une.

La viole est une chose inerte et noire, invisible quelque part sur le sol.

L'air tiède garde encore des vibrations qui meurent, diminuendo, comme des sanglots dans une poitrine apaisée.

La tristesse venue au cœur des deux hommes est semblable au froid qui glace les épaules au coucher du soleil : c'est un désenchantement et une sorte de désespoir, dolent et sombre qui les tient longtemps, le front penché.

— Qui es-tu?... tu ne sais pas d'où vient ton sang... pourquoi vis-tu? tu chasses, tu fouailles les chiens, tu cours... à quoi te sert de vivre?

Du marécage montait la vapeur brûlante qui remplit l'air comme une chaudière en ébullition.

Les deux hommes, assis coude à coude, se dévisageaient en silence, puis regardaient les épaisses colonnes de fumée opaque dressées sur le marais.

— Quelle vie... tu ne sais pas d'où tu viens, ni
où tu vas...

Avec un sourire désabusé, Ganne reprit :

— Je me souviens du maître d'école qui disait :
« L'homme est maître de la nature... » Et tu es
plus petit que la plus petite fourmi rouge. La
Forêt te regarde avec pitié... Ton cœur bat; il fait
moins de bruit que celui d'un cèdre...

Loubet prenait au passage des papillons verts
dont les ailes lui laissaient aux doigts une poussière
d'émeraude.

— Je me souviens de l'école... Voudrais-tu re-
voir la neige et le grand qui avait un fouet et nous
forçait à courir sur la route... et le maître qui dormait, et la classe qui ronronnait ?

Ganne hésita et, regardant devant lui :

— Non, fit-il, en secouant la tête.

— Quand il fait très lourd, très dur, comme
aujourd'hui, quand le cœur étouffe, je pense au
pays...

Ganne l'observait sournoisement.

— Ainsi, tu as un pays... pourquoi l'as-tu quitté? On pourrit ici.

— ...

— Je n'ai pas de pays... Ils m'ont mis dans une
maison de correction. C'est passé... Je me suis
échappé... Je suis parti de La Rochelle comme
mousse sur un voilier. Le voilier... voilà ma patrie.

Le capitaine avait avec lui sa femme et ses deux gosses. Il y avait Nadaud, le chien. Toute ma vie est là. La bonne femme me couchait avec ses petits. Je ne travaillais pas, je jouais, je mangeais à ma faim et on dormait... on dormait... On allait n'importe où, prendre n'importe quoi, partout où il y avait du fret. Les îles, Rio, la côte d'Afrique, la Finlande... La belle barque, ronde, robuste... Pas un cri, pas un coup... un équipage qui chantait le soir en chœur pour nous faire pleurer. Ah! la belle barque... Ma vie a commencé là. Quand la fièvre monte, c'est cette vie qui revient.

— La fièvre, fit lentement Loubet, c'est une soûlerie. Avant de perdre connaissance, avant de hurler comme un fou, on est ivre... Et ta barque?... Après?

— C'est fini... Le capitaine m'a débarqué à Trinidad à cause de la peste.

— ...

— La femme et un gosse sont morts, avec le quartier-maître et le coq. Alors, j'ai roulé... j'ai travaillé aux puits de pétrole de l'île, puis sur un tank-steamer de Trinidad à New York, puis sur un voilier qui pêchait la perle au Venezuela... puis, me voici.

— C'est ta vie... Et maintenant, ici, que fais-tu?... Quel est ton but?

Ils restèrent longtemps en silence. Chacun voyait dans les yeux de l'autre l'image qui le hantait.

Ils parlaient du passé, des choses les plus secrètes et les plus chères à leur âme, parce que la même émotion poignante les secouait l'un et l'autre, et parce qu'ils n'osaient pas prononcer le nom qui résonnait au fond de leur cœur et qui les troublait d'un attendrissement inconnu.

Glissant sur le parquet verni, le forçat, osseux, ridé, flétri, jaune et silencieux comme un Chinois, apportait des boissons glacées.

La glace avait un goût de sel. Loubet lança un gobelet au forçat en jurant, prêt à bondir sur lui. L'homme avait déjà fui.

Soudain, il reprit sa pensée :

— Elle t'a parlé hier... que disait-elle ? Et moi, je ne suis rien... Elle sourit, son regard passe... Croit-elle que je sois une bête... un chien ?

Maintenant, la brume du marécage avait envahi le camp. Elle le couvrait d'une ouate grise. Ils ne purent plus distinguer les arbres et les cases. Leurs vêtements, la table et leur peau même se couvraient d'une rosée, comme les prés un matin d'été.

Il leur semblait que leurs propos, espacés et confus, étaient à leur tour gagnés par l'ombre humide.

A ce moment, Marcel Marcellin entra dans la case commune. Il portait des roses qui l'encombraient et qu'il maniait lourdement. Il voulut les placer dans les poteries indiennes et renversa un vase dont l'eau l'éclaboussa.

Les deux hommes, pris d'une sourde animosité contre lui, parlèrent d'une chasse prochaine au pakira.

XI

SOUS la pluie, retentit un cri d'oiseau comme un ricanement; puis, ce fut, sur un ton vif et mécontent, le mot nettement articulé :

— Voyons... voyons.

Delorme s'arrêta, montrant sur le monbin qui dominait la crique l'oiseau que les créoles appellent « l'oiseau-voyons » et dont le rôle, dans la brousse, est d'avertir le gibier poursuivi.

Presque aussitôt, le tigre déboucha du sentier, rugit, revint sur ses pas, et fit un large détour pour surprendre l'agouti dépisté par sa manœuvre.

L'oiseau-voyons hurla à nouveau son avertissement. L'agouti, les oreilles dressées au signal, détala dans la direction opposée au rugissement du tigre et vint donner dans les griffes du chasseur déjà embusqué à l'extrémité du sentier.

Un cri de lapin égorgé... le cougouar parut à deux mètres de nous, secouant l'agouti dans sa gueule. Il s'arrêta, interdit. Un filet de sang ruisselait des babines qui reniflaient vers nous. Il fixa nos regards, s'assurant de nos intentions et passa lentement à la fois comme un chasseur orgueilleux et comme un chat domestique, silencieux, rampant et dédaigneux.

Delorme riait.

— Depuis des milliers d'années, dit-il, la brousse assiste aux mêmes scènes. Et nous, nous nous étonnons.

Au tournant qui découvrait le chantier de bûcherons installé à mi-côte, le même cri d'oiseau nous arrêta net.

Sur nos têtes, l'oiseau avertisseur, d'un claquement sec et impératif, répétait :

— Voyons... ô... oyons...

— C'est à nous qu'il en a, dit Delorme, devenu soudain grave. Il nous suit.

Comme il achevait, un ricanement partit d'un rideau de lianes.

Delorme arma son winchester et resta un instant l'oreille aux aguets.

— Qui peut bien nous suivre ? fit-il. Aucune bête ne chasse l'homme.

L'espace d'un mille, nous avançâmes tranquillement à travers la forêt. On ne voyait que quelques rapides fuites d'ailes d'oiseaux. On n'entendait aucun bruit.

Un arbre abattu faisait un pont branlant sur la crique. Des lianes torses tombaient de cinquante mètres, comme d'immenses rideaux verts et noirs étendus au soleil.

Un tapir qui paissait tranquillement dévala à notre approche, agitant sa trompe avec inquiétude, et plongea à la façon d'un hippopotame.

Nous entendîmes son halètement pressé pendant qu'il disparaissait dans l'amoncellement des lianes où il se ruait sur la rive opposée.

Puis ce fut de nouveau le silence, humide et vivant...

Soudain, l'oiseau-voyons répéta son appel. C'était un aboiement bref, sec comme un coup de fouet.

Delorme examinait une bizarre empreinte de pas qui se formait spontanément sur le tracé, comme si un homme invisible marchait à côté de nous. Pendant une minute, il resta immobile, penché sur le sol; aucun muscle de son visage ne remuait pendant qu'il regardait la trace qui s'avançait, parallèle à la nôtre... Il semblait paralysé par la frayeur.

La trace, sur le sol humide, était si fraîche, que l'eau suintait aux bourrelets de terre remuée. C'étaient de grandes empreintes de bottes; les enjambées étaient celles d'un homme de taille robuste.

Delorme prit un élan et descendit le sentier en courant. Une peur irraisonnée me lança à sa suite. Mes yeux, cependant, ne quittaient pas le sol, et je vis que la trace n'existait plus. Mais presque aussitôt elle arriva... elle s'imprimait régulièrement sur la terre et venait en ligne droite vers nous.

Pris de folie, Delorme fit feu dans la direction

du sentier. Il tira à bout portant sur la trace qui continuait à avancer régulièrement.

Le visage couvert de sueur, frémissant et grimaçant comme un singe traqué, il jeta son arme et s'accrocha convulsivement à mon bras.

Au même instant, l'oiseau annonciateur répéta son appel.

C'est alors qu'apparut l'ombre blanche.

XII

QUAND l'ombre eut disparu, Delorme resta longtemps assis sur le cèdre couché le long du sentier.

Les paroles que le fantôme avait prononcées restèrent quelques instants encore après son départ, comme si elles étaient suspendues aux lianes et aux fougères arborescentes autour de nous. Elles vibraient avec les premiers frissons de la nuit, et s'éteignirent lentement, une à une.

— C'est une hallucination, dit l'ingénieur... nos nerfs sont malades... y a-t-il un remède?

— ...

— Comme il a parlé... c'est véritablement un homme vivant. Vous l'avez entendu? Il parle comme un homme sûr de lui...

Sur la colline, à l'horizon, brillaient les lumières du camp.

Il n'y avait rien à répondre aux questions de Delorme. Une ombre était là... un homme translucide nous avait parlé... nous l'avions vu l'un et l'autre. Cela ne prouvait rien. Tout est possible lorsqu'une fureur cachée bouillonne au cœur des hommes.

— Il n'y a plus un esprit sain sur ce placer... les hommes ont abandonné le travail. Pour échapper à l'obsession, il faut que cet Indien parte.

— ...

— L'Indien... il faut aussi que Marthe..

Il ne put achever sa pensée. Ses yeux se voilèrent comme si les larmes les obscurcissaient.

Courbant la tête, n'osant pas regarder l'ingénieur en face, je dis à mi-voix :

— Vous lui parlerez... elle comprendra... Peut-être pourrait-elle partir par le tracé qui conduit au fleuve. L'Indien la conduirait...

Delorme, pensif, ne répondit pas.

L'Indien se tenait devant la balustrade. Delorme s'avança résolument vers lui. Malgré sa haute taille, il paraissait fragile et timide devant le colosse.

L'Indien nous souhaita la bienvenue. Une force irrésistible se dégageait de lui; il nous dominait. Avant que Delorme eût exprimé son désir, il nous représenta les difficultés de la traversée dans la brousse.

Qu'adviendrait-il de sa pirogue? Qui porterait les vivres pendant le long trajet?... Il n'y avait vraiment aucune raison pour hâter le départ... Il consentirait cependant à conduire Marthe au bord de la Mana, mais il reviendrait pour ramener son canot... Pouvait-on abandonner la jeune femme au bord du fleuve, seule et sans pirogue?... C'était un projet irréalisable.

Il parlait lentement, avec clarté. Il répondait exactement à chacune des objections qui nous venaient à l'esprit, avant même que nous ayons exprimé nos pensées.

Il était évident qu'il lisait dans nos âmes comme dans un livre ouvert.

Les Indiens, entre eux, ne parlent que rarement et par monosyllabes. Ils se transmettent mystérieusement leurs idées. Aucun voyageur n'ignore que l'Indien peut transmettre sa pensée à distance, et qu'il communique de tous les points de la jungle avec les êtres qui lui sont chers dans sa tribu lointaine.

Delorme, tourné vers moi, approuvait chacune des déclarations de l'Indien, comme s'il me prenait à témoin de l'impuissance où il se trouvait de rien changer à l'état de choses existant.

La certitude où il était désormais que Marthe ne quitterait pas le placer, faisait briller ses yeux de joie.

En nous retournant vers la case illuminée pour le repas du soir, nous aperçûmes Marthe jouant sur le

seuil avec Marcel Marcellin. Ils riaient ensemble,
allaient et venaient en se poursuivant comme des
fiancés. De temps à autre, Marthe jetait un coup
d'œil rapide vers les hommes attablés, silencieux,
qui l'observaient avec des regards sournois.

XIII

AVEC quelle intensité j'ai vécu... disait Ganne. Rien de ce qui touche à la vie ne m'est étranger... Crois-tu qu'il existe un désir en moi que je n'aie satisfait? Je connais toutes les routes du monde. Quel métier puis-je faire encore?

Il montrait sur son visage ridé, fripé, torturé par l'Aventure, les traces de tous les coups et de toutes les voluptés. Il frémissait, les mains tendues, les yeux exaspérés.

— Une flamme brûle en moi... Je dois partir... Où? Que sais-je? Et toi, pourquoi restes-tu?

Une chauve-souris, qui ne projetait aucune ombre, s'abattit sur la lampe, s'élança d'un bond dans un angle obscur, puis revint, tournoyant lentement.

Ganne, les mâchoires contractées, répéta sa question :

— C'est pour elle que tu restes? Réponds-moi... C'est pour elle?

— ...

— Tu rêves. Elle te possède... Et tu es là... et tu trembles... Comme tu es lâche!

Il y eut soudain un grand bruit. Un coup de

vent éteignit la lampe. Du sable arraché au sol gicla autour d'eux.

— Qu'est-ce? dit Ganne.

Dans le silence et le calme, pesant comme un sac de blé sur leurs épaules, ils écoutèrent. Tout à coup, une seconde volée de gravier et de pierres traversa la salle.

Ganne ralluma la lampe. Ils regardèrent sur le seuil et, sous la lune nacrée, ne virent que la Solitude endormie.

— Crois-tu aux esprits?

Ils tremblaient légèrement et hochaient la tête.

— Les hommes de l'ancienne Compagnie venaient de France. C'étaient de bons ouvriers... ils sont morts ici... ils reviennent, peut-être.

Ils écoutèrent encore. Ils savaient que sur le camp désert aucun homme n'avait passé. Ils étaient seuls devant Dieu.

— C'est étrange, reprit Ganne... Nous avons peut-être mécontenté les esprits invisibles et présents des hommes qui sont morts ici avant nous.

Loubet haussa les épaules et cracha avec mépris.

A ce moment, ils eurent simultanément la perception d'une ombre opaque à forme humaine, qui passait entre eux. Une main s'était posée sur l'épaule de Ganne qui se dressa.

— Suis-je fou? dit-il.

Le silence était plus profond, la 'umière lunaire plus intense.

— Qu'allons-nous devenir?... Il ne faut pas irriter les esprits.

— ...

— Si nous mourions, nos âmes survivraient ici-même...

Il attendit une réponse. Loubet, penché sur lui-même, réfléchissait.

— Je voudrais mourir dans le village où je suis né. Là seulement l'esprit se repose. Il y a des bouleaux argentés et des peupliers et des maïs dans la vallée... et, pour dormir, des grottes au flanc des roches sur la rivière...

— L'ombre m'a meurtri l'épaule, interrompit Loubet qui semblait sortir d'un rêve, que signifie cela?

— ...

— Ainsi la vie est partout. Ce n'est pas assez de l'effroyable fécondité de la jungle, de ce pullulement d'êtres vivants qui nous enveloppe... La nuit, l'air, le ciel portent encore les esprits des hommes morts... Où s'arrête la vie?

Longtemps, ils méditèrent. Ils souhaitaient maintenant le retour de l'Ombre. Ils l'appelaient en eux-mêmes pour la questionner.

L'angoisse commune les avait rapprochés; ils éprouvaient une joie intense à se sentir ensemble.

— Si tu n'étais pas là, dit Ganne en souriant, je
crois que j'aurais peur.

Loubet lui prit affectueusement la main et murmura :

— Frère...

Soudain un aboiement joyeux secoua la nuit. Le
vent annonciateur apporta la nouvelle. Le craquement des cloisons, le trouble des meubles agités,
l'heureuse angoisse qui les prenait à la gorge pré-
cédèrent l'apparition de Marthe.

Elle venait, toute blanche sous la clarté lunaire.
Autour d'elle flottaient des parfums et des voix.
Elle entra précédée et suivie d'un cortège tumul-
tueux et invisible.

Cependant, elle était légère comme une brume
diaphane du marécage, et seule.

Les deux hommes fêtèrent son entrée. Il y eut
bientôt sur la table des boissons glacées et des
fruits.

— Je m'ennuyais... puis j'ai eu peur. Alors, je
suis venue...

— ...

— Tout à l'heure une ombre est entrée chez
moi, elle m'a parlé... elle avait des yeux dorés...
des mains et un vêtement de lumière... Elle m'a

parlé. Je crois que je rêvais. Peut-on rêver sans dormir ? J'ai eu peur...

Les deux hommes, également troublés, écoutaient en silence, hochant la tête.

Loubet eut un élan vers Marthe :

— Ce sont des folies... Il n'y a pas d'ombres... Avez-vous encore peur, maintenant ?

Il lui avait pris les mains. Assis en face de la jeune femme, les genoux touchant les siens, il ajouta :

— Tout vient de l'Indien... il rôde sans doute... mais il ne peut rien contre vous.

— Pourquoi ? fit-elle en souriant.

— Je ne sais pas... il serait le seul parmi nous... je crois qu'aucun homme ne peut vous regarder sans pâlir, et que tous ceux qui vivent auprès de vous...

Marthe lui mit en riant la main sur les lèvres pour l'empêcher de parler.

Ils jouèrent ainsi un instant. Ganne se tenait à l'écart ; son regard mobile suivait chacun des mouvements de Loubet, comme un jeune chat guettant une proie.

Il crut que Loubet portait à ses lèvres la main qu'il tenait emprisonnée dans les siennes. Il crut que Marthe, acceptant cette caresse, se penchait... il crut que sur la nuque offerte, Loubet inclinait à nouveau son front.

Il se dressa, serrant les poings et les dents, comme un homme qui va s'élancer.

— Loubet, dit-il, prends garde !

Loubet se leva lentement, les jarrets contractés, prêt à bondir.

— Laisse-la, cria Ganne, je te défends de la toucher...

Sa lèvre inférieure tremblait. Son corps était agité de frissons comme celui d'un chat-tigre en arrêt.

— Je te défends de la toucher, reprit-il.

D'un bond, Loubet l'avait pris à la gorge. Ils roulèrent sur le parquet. On entendait le halètement des poitrines oppressées, les coups sourds des corps frappant le sol. Une odeur âcre de sueur et de sang montait dans la nuit.

Ils s'étaient dressés et se tenaient debout, face à face. Entre eux, il y avait la mort. Tous deux la virent ; tous deux étaient certains qu'elle était là.

Lorsqu'ils s'empoignèrent, poitrine contre poitrine, ils poussèrent un rugissement de fauve. Ganne bascula par-dessus la table et s'écroula sur le sol avec fracas. Il s'était battu souvent dans la vie, mais jamais il n'avait souffert d'une étreinte à la gorge comparable à l'étau des mains de Loubet. Elles l'étouffaient ; son cou craquait.

Marthe, découpant une orange avec une attention simulée, observait les lutteurs sous ses cils baissés. Elle se tenait immobile, un peu pâle, les narines battantes.

Elle mordit avec force dans la chair rouge du fruit; ses lèvres aspiraient le jus à la fois acide et sucré.

Les deux hommes geignaient, frappaient, haletaient avec des cris rauques. Sur leurs visages congestionnés le sang coulait en minces filets.

Les coups qui s'abattaient sur le visage de Ganne l'envoyèrent s'écraser contre le mur. Il resta un instant sans connaissance, puis il tenta de se redresser... Loubet se rua, le prit à nouveau à la gorge et tomba avec lui sur le sol.

Marthe lavait à la fontaine indienne ses doigts et sa bouche poisseuse. Ses lèvres sensuelles frémissaient sous la caresse des doigts mouillés.

Elle regarda un instant les lutteurs qui semblaient ne faire qu'un seul corps soulevé par de lents soubresauts. Ses yeux brillaient. Un feu intérieur colorait maintenant ses joues et ses oreilles.

Un désir la secoua. Elle aurait voulu se jeter sur ces deux hommes, les embrasser ensemble et les mordre. Elle se pencha, prête à frapper, savourant déjà la volupté des coups qu'elle recevrait.

Loubet était devant elle. Les cheveux couvrant le front et les yeux, sanglant, hagard, stupide, il regardait en chancelant Ganne qui semblait dormir, roulé en boule, les jambes ramassées sous le menton.

Il n'y avait en lui aucune pitié, nulle horreur de ce qu'il avait fait; ses yeux allaient du corps inanimé de Ganne au visage empourpré de Marthe; ses yeux luisaient comme des charbons ardents derrière les paupières humides; ses bras tremblaient légèrement.

Marthe respira longuement l'odeur de sang qui remplissait la pièce d'une vapeur âcre. Puis, soudain, elle disparut dans l'encadrement de la porte.

XIV

L'ENTERREMENT de Ganne eut lieu à la tombée de la nuit.

Quatre mineurs portaient la planche d'amaranthe sur laquelle dormait le cadavre.

L'Indien, qui suivait le convoi, se tenait à distance, ainsi qu'il convient à un étranger.

Comme le cortège entrait sous la voûte de la jungle, Marthe s'approcha, les bras chargés de roses et d'hortensias, et couvrit le corps d'un suaire odorant rouge et bleu.

Le cimetière du camp avait été aménagé par l'ancienne Compagnie dans une clairière au bord d'un lac. Dans la nuit naissante, des feux flottaient sur l'eau stagnante, s'éteignaient et apparaissaient à nouveau. Et, chaque fois, les hommes détournaient la tête, frissonnant à l'apparition des feux follets comme à l'éclatement d'un éclair.

Delorme jeta une poignée de terre dans la fosse. Les arbres gris et les derniers faisceaux de lumière furent enveloppés par la nuit. Tout disparut.

Il n'y avait plus, dans l'immense parvis de la cathédrale de la jungle, que les ombres errantes des mineurs au retour.

Delorme, resté seul avec Marcellin, s'arrêta au carrefour du tracé de chasse. Un homme était apparu tout à coup devant lui. Il était bizarrement vêtu de vêtements blancs souillés de boue et coiffé d'un chapeau de feutre à l'ancienne mode.

Delorme et Marcellin s'effacèrent pour laisser passer l'étranger qui hésita et s'enfuit à angle droit dans la brousse.

— Quelque forçat évadé, dit Marcellin.

Soudain, Delorme entendit des pas derrière lui dans le tracé. Il se retourna :

— Où vas-tu? fit-il.

L'homme eut un ricanement. Il étendit le bras dans la direction du marécage.

Une odeur de cadavre flottait autour de lui.

Il s'avançait, le visage contracté. Comme il passait en silence, Delorme voulut lui prendre le bras; il crut que sa main allait se refermer dans le vide. Il eut la sensation de tenir un poignet tiède et vivant.

Au détour du sentier, l'homme attendait assis sur un arbre abattu.

Maintenant, une voix grave parlait que Delorme et Marcellin entendaient mal, pressés l'un contre l'autre, les mâchoires secouées par la peur.

— Je le reconnais... dit Delorme à voix basse. Il est déjà venu sur le sentier de chasse.

Marcel Marcellin fit un pas en arrière. L'épouvante ridait et séchait sa peau noire.

— Que fais-tu ici? d'où viens-tu? demanda l'ingénieur dont les épaules frissonnaient.

L'homme détourna la tête, hésita un instant, comme s'il allait parler.

— Qui es-tu? répéta Delorme, n'es-tu pas un mineur de l'ancienne Compagnie?... Peut-être ton corps repose-t-il auprès de celui que nous venons d'ensevelir... Si tu n'es qu'un esprit, pourquoi ne reviens-tu pas dans ton pays? Il y a assez de bêtes et de choses vivantes dans la jungle sans toi.

Le fantôme ne répondit pas. Il se leva et, penché, méditant profondément, il disparut à pas lents.

Bientôt l'Indien rejoignit les deux hommes. Delorme voulut l'interroger. Il paraissait en proie à une violente émotion. Il ne comprit sans doute pas les questions de l'ingénieur... les mots qui tombaient de ses lèvres semblaient dépourvus de sens :

— Les roses du cercueil ont parfumé la terre.

Il marcha longtemps en silence auprès d'eux; et, les ayant salués en leur imposant les mains, il les quitta en arrivant au camp.

XV

J'AI revu l'homme du tracé, dit Marcellin. Sa vie ne diffère pas de la nôtre. Il a des goûts grossiers... il semble suivre l'Indien. Il dit qu'il vit je ne sais où, dans un monde aérien avec les hommes de l'ancienne Compagnie... il attend on ne sait quoi. Pourquoi nous tourmente-t-il?...

Delorme achevait une épure. Ses yeux gris, comme brûlés par le soleil, fixèrent un instant le regard de Marcellin.

— Pourquoi n'es-tu pas sur la drague? demanda-t-il.

— Pourquoi?...

Le silence humide entrait par la baie ouverte sur le marécage. On apercevait sur l'eau noire la superstructure du monstre d'acier accroupi, endormi dans la lumière chargée de vapeur d'eau.

Du chantier, naguère ardent comme une ruche, bruyant comme une forge, montaient des relents d'usine en ruine.

Marcellin, les yeux ardents, les épaules voûtées, replié sur lui-même, fumait et buvait au chalumeau un punch glacé.

Delorme, étourdi par un vertige inexplicable, vint précipitamment sur la terrasse et respira longuement. Il était oppressé; son cœur battait avec violence.

Assis, à l'accoutumée, à l'extrémité de la galerie découverte, l'Indien se leva à l'approche de l'ingénieur. Au contact de la main tendue, Delorme eut un court frisson.

Devant lui, s'ouvrait le terre-plein sur quoi s'alignaient les cases du camp désert. Ses yeux s'arrêtèrent sur la maison de Marthe ensevelie sous les palmes et la haute verdure luxuriante.

L'Indien, qui suivait son regard, étendit le bras. Delorme s'aperçut alors qu'une partie de la barrière du jardin était abattue.

— Les hommes sont venus cette nuit, dit-il; ils se sont jetés les uns sur les autres... ce sont des bêtes fauves... il y a du sang sur les liserons blancs et les glaïeuls.

Les planches du parquet crièrent. Delorme se retourna comme s'il était piqué par un taon. Un homme s'avançait vers lui qu'il ne connaissait pas et qui semblait être sorti du sol. Il le suivit à l'intérieur.

Penché sur l'épure, l'homme observait avec une attention simulée les lignes géométriques du dessin sur la table.

— Je croyais, dit Delorme en s'approchant, je croyais que les fantômes n'apparaissaient que la nuit!...

Il se contraignit à sourire et chercha un appui
ou une approbation dans le regard de Marcellin.
Le créole, assis dans un rocking-chair, se balançait
avec une indifférence affectée, comme si la visite
de l'ombre vivante était pour lui un événement
familier.

Delorme se détourna de lui. Ses tempes battaient avec violence. Il allait et venait à grands
pas, résolu à fuir, et retenu par une force qui le
maintenait malgré lui. Il était comme une bête
traquée.

— Dois-je comprendre, dit-il enfin, s'adressant
au fantôme, que toi seul as ta raison et que, seul
parmi les hommes de ce camp devenus fous, tu
peux encore vivre librement?

— ...

— Mes yeux se sont ouverts... Hier, absorbé
par le travail du chantier, j'étais comme une bête
de somme... Une grande émotion a éveillé en
moi une obscure conscience... Il me semble maintenant que, depuis l'arrivée de Marthe, je t'ai
souvent parlé... peut-être ne m'entendais-tu pas...
Qu'est-ce qui t'attire ici?

Le fantôme rejeta en arrière son visage translucide; un court frémissement fit trembler son
manteau.

— Qu'est-ce qui t'attire ici, reprit l'ingénieur;
de quel pays de rêve viens-tu?

Il secoua la tête, comme s'il voulait chasser l'obsession lumineuse; il ferma les yeux... le mirage continuait derrière ses paupières closes... il vit en lui-même l'image de l'homme avec une netteté plus grande encore. En même temps, et sur le même plan, apparaissait, vaporeuse et fluide, l'image de Marthe. Alors, il se dressa et dévisageant l'être irréel :

— Je sais pourquoi tu viens, dit-il, cette femme a ensorcelé le camp.

Marcel Marcellin, qui tenait à la main le dessin géométrique, releva vivement le front. Une lueur de colère passa dans ses yeux.

A ce moment, un craquement des courtes planches de l'escalier annonça des pas. Une tête blonde, ébouriffée, apparut au ras du plancher.

D'un bond, à la façon d'un chat qui s'élance, Marthe s'abattit sur un fauteuil d'osier.

Quand elle eut repris son souffle, elle s'approcha de la table.

Marcel Marcellin racontait l'apparition.

— Je n'ai plus peur, dit-elle, je n'ai plus peur du fantôme, mais il ne devrait pas venir quand je suis seule...

Elle tremblait cependant un peu.

— Est-ce possible ?... j'ai cru d'abord que j'étais folle... il est comme un homme vivant... Et ce n'est pas une hallucination puisque tous le voient et lui parlent.

Il y eut un long silence. Et, soudain, dans un faisceau de lumière qui venait de la grande porte, ils discernèrent à nouveau l'ombre blanche. L'image, dispersée un instant dans les remous de l'air provoqués par l'entrée en tempête de la robe de Marthe, était là, nettement dessinée.

Marthe détacha de son corsage une rose, et la tendit en souriant.

— Voulez-vous cette rose? dit-elle.

Le fantôme respira longuement la fleur rouge encore imprégnée de la moiteur des seins qui l'avaient portée; sa main diaphane tenait la rose qui semblait suspendue par miracle dans l'air.

Marcel Marcellin fit un pas en avant.

— Prends-la, dit-il à Delorme... c'était sans doute pour toi que Marthe l'avait apportée.

L'ingénieur hésita, puis il lança la fleur sur la table.

— Marthe, dit-il, tout ce qui vient de vous a un prix inestimable... pour conquérir cette rose, Dieu sait ce dont je suis capable... vous seule pouvez dire à qui elle appartient.

La jeune femme, les yeux baissés, resta silencieuse.

Il y avait dans l'air des battements de cœurs, comme des palpitations d'ailes. Quelques colibris traversèrent la salle, se poursuivant à la façon des abeilles.

Marcel Marcellin et Delorme attendaient avec une égale anxiété, comme si un événement décisif allait se produire, qui transformerait le monde. Ils se regardaient sournoisement, tout en surveillant la ligne rouge et fermée des lèvres de Marthe.

La poitrine haletante, prête à pleurer, elle se leva et partit.

Comme elle entrait de biais dans le cadre lumineux de la porte, elle frôla en passant l'Indien accoudé au chambranle.

Alors, parce que l'atmosphère était saturée du désir des hommes et parce que son cœur de femme en éprouvait un voluptueux émoi, elle fixa les prunelles vertes du Peau-Rouge pour y chercher la flamme intérieure.

L'Indien mit les deux mains sur les cheveux de la jeune femme. Elle eut un éblouissement et comme une brûlure qui la pénétrait. Elle voulut sourire ; elle était sans forces et sans volonté ; elle eut l'impression que son esprit ne lui obéissait plus.

Il faisait très lourd ; le ciel bas et cuivré annonçait la tempête. Marthe respirait péniblement. Elle vit en se retournant que le fantôme n'était plus dans la salle. Delorme et Marcel Marcellin travaillaient en silence à l'épure.

L'Indien s'avança vers la table; il prit la rose
rouge qu'il broya lentement entre ses mains. Le
parfum des pétales arrachés l'enveloppait tout
entier. Après avoir jeté au vent les débris de la
rose, il s'éloigna dans la direction du lac.

XVI

IL se laissa tomber sur la chaise basse, affalé comme un homme malade, la mâchoire pendante; sa longue figure avait une pâleur de papier.

La lumière de l'aube était suspendue aux murs de la case en rideaux vaporeux de satin rose et soufre. Sous les grands cocotiers du jardin, rampaient des ombres bleues qui avaient le chatoiement de la soie et qui s'étendaient sur le sol, sur le plancher jusqu'au lit où Marthe dormait sous la moustiquaire blanche.

Elle dormait; et cependant, elle voyait le fantôme assis au fond de la pièce. Elle l'avait vu entrer et pouvait suivre chacun de ses mouvements.

Par la fenêtre, on apercevait des mineurs presque nus sur la route du chantier, revenant du bain en brillants accoutrements rouges, bleus et verts.

Dans les palmiers, de minces filets de fumée annonçaient le réveil de la vie du village... l'odeur ardente des bois odorants déchirés par le feu... La lumière incolore et pure du jour remplaçait l'éclatante et rapide féerie de l'aurore.

L'homme aux mains translucides leva les yeux

sur Marthe, comme s'il cherchait de la sympathie.
Il y avait dans son regard une joie timide.

Marthe lui sourit. Elle aurait voulu lui parler;
mais la paix du matin, l'heureuse lassitude de ses
sens, une égoïste joie intérieure ne lui mettaient
aux lèvres que des paroles indifférentes.

Et cet homme était là, qu'elle ne comprenait
pas et dont la peine la troublait et l'irritait.

Il la regardait, humble, tremblant légèrement,
comme un adolescent devant une femme et qui
voudrait faire quelque confidence.

— Pourquoi viens-tu? dit-elle.

— Je ne sais pas.

— Comme tu es pâle et défait... qu'as-tu?

— Rien...

Elle l'observait, interdite. Il la regardait maintenant bien en face, avec un visage contracté et
plus blême.

— Cette rose rouge, dit-il dans un effort, la
rose...

— ...

Il fixait toujours la jeune femme sur qui tombait un rayonnement spectral.

— La rose... Marthe. La vie n'est pas le
soleil, ni la lumière... la vie, c'est cette rose.

Marthe, réveillée en sursaut, se tenait assise
sur son lit cherchant avidement, dans la pénombre
claire, l'image disparue. Elle avait compris qu'une

ardeur émouvante brûlait l'être mystérieux et que,
du fond de l'au-delà, venait jusqu'à elle la magni-
ficence de l'Amour.

Elle ferma les yeux. Des voix chantaient...

Ainsi, l'Amour dépassait les limites de la pauvre vie humaine. Il résistait à la Mort. Peut-être
l'Amour était-il tout... le commencement et la fin,
le bien suprême...

La révélation s'insinuait au tréfonds de son âme
et précipitait les battements de son cœur.

L'Amour était le livre de la vie et la force qui
gouvernait tous les mondes.

Avec quelle ferveur elle communiait avec l'au-
delà...

Quand elle ouvrit les yeux, lasse du rêve extatique, elle vit une ombre noire qui s'avançait dans
le jardin.

XVII

PUIS, ce fut un bruit lourd de pas qui la fit sursauter. Marcel Marcellin entrait, les mains tendues vers elle.

Il y eut d'abord un grand silence. Le matin monotone emplissait la maison. Tout semblait dormir, excepté un grand remous d'oiseaux qui montait et descendait et tournait, tournait encore dans l'éblouissement de la haute terrasse, et projetait de larges ombres sur les murs et le plancher de la chambre.

La petite main que tenait Marcel était tremblante. Elle essayait parfois de se dégager, mais il la tenait plus étroitement; après quoi, elle était plus chaude et frémissante et semblait soumise.

Marthe rejeta en arrière ses cheveux dénoués qui lui brouillaient le visage. Il n'y avait qu'à regarder ses yeux limpides et tranquilles comme des mares d'eau pour se rendre compte qu'elle était résolue et qu'elle savait que l'heure décisive était venue. On apercevait dans ses prunelles une sorte de lueur claire qui paraissait venir du dedans et qui donnait à son calme visage un rayonnement intense.

Des bêlements de bêtes venaient de la forêt voisine avec un chant d'oiseau semblable aux sif-

flements répétés du merle; des senteurs de terre
chaude, de fruits mûrs et sucrés, entraient avec
un parti de papillons gris et dorés, traversaient
lentement la maison, laissant une trace odorante
qui restait longtemps suspendue dans l'air apaisé.

Marcel Marcellin, assis au bord de la table, le
front penché, se leva lentement et, s'approchant
de Marthe :

— Je suis venu, dit-il, je suis venu pour faire
de vous ma femme.

Marthe baissa les yeux, détourna la tête et
vint s'asseoir au pied du lit.

Un miroir à la main, elle rangeait ses cheveux.

Le soleil, jaillissant tout à coup sur la terrasse, pénétra horizontalement par la fenêtre. La
chambre devint obscure. On ne voyait que la
ligne éblouissante de lumière qui enveloppait les
cheveux de Marthe comme un foulard.

Adossée à la moustiquaire, la jeune femme
attendait.

Marcel distinguait maintenant à peine la tête
blonde éclairée à contre-jour.

La projection lumineuse mettait à nu, des han-
ches aux épaules, le corps immobile.

Serrant les poings, il s'avança et dit à nouveau :

— Marthe, je suis venu pour faire de vous
ma femme.

Une joie sauvage le penchait sur cette femme

qu'il désirait comme jamais il n'avait jusqu'ici désiré l'amour. Et cependant, une force le retenait...

Il lui tenait les bras, mais le souffle lui manquait. Jamais, lorsqu'il s'était penché sur le supplice d'une autre femme, jamais il n'avait éprouvé une pareille crainte :

— Je suis venu, répétait-il, balbutiant, hagard, je suis venu...

Le désir qui s'était emparé de lui le secouait comme une voile au vent.

Le sang affluait à son visage. Il ne parlait pas de peur de trahir le tremblement qui vibrait dans sa gorge.

— Marthe...

Ce fut comme un sanglot.

Il lui avait pris le visage entre ses larges mains.

Marthe sentit la brûlure des lèvres sur son visage. Elle entendit, dans le bourdonnement de ruche qui remplissait la chambre, une voix rauque qui disait :

— Pour toujours... pour toujours.

. . . .

Dans le cœur du bois, l'air était moite, chaud et froid tout ensemble.

Le fantôme marchait lentement et par à-coups, comme s'il se défiait. Il avançait à la façon des somnambules, les yeux dardés, les oreilles attentives au moindre bruit.

Il écoutait... des bruits venaient jusqu'à lui qui résonnaient douloureusement jusqu'au fond de son être.

Parfois, il s'arrêtait. Alors, la voix de Marthe pénétrait en lui plus profondément. Sa figure pâlissait davantage à chaque phrase qui lui venait de la maison où Marthe luttait à la fois contre Marcel et contre elle-même. Il écoutait, tous les muscles du visage contractés... il attendait son appel pour la sauver.

. . . .

Marthe poussa un cri. Les bras du créole la meurtrissaient comme des étaux de fer. Il n'y avait plus rien autour d'elle que cette force qui dominait le monde.

Une joie profonde lui venait qui la grisait, un besoin de soumission, un voluptueux contentement de n'être plus qu'une chose vaincue et soumise.

Ses cheveux, à nouveau dénoués, lui couvraient les yeux et le cou, et la poitrine ouverte dans la lutte. Il lui semblait que ses cheveux qui embarrassaient ses mains et ses bras l'étouffaient.

. . . .

C'était un matin magnifique. La jungle était comme une immense caverne mystérieuse aux murs

transparents, filtrant la lumière du jour et illuminée
çà et là par les flaques d'or du soleil.

L'homme au visage diaphane, adossé à un
cèdre, les yeux clos, suivait chacun des mouvements de la lutte où Marthe succombait. Il entendait les sanglots de sa gorge et le souffle rauque
de Marcel. Il voyait, par delà les ténèbres qui
noyaient ses yeux, l'étreinte des bras de l'ingénieur autour des reins de Marthe. Elle frappait
en aveugle et s'accrochait à lui, tantôt comme
une loutre blessée à la gorge du tapir, tantôt
comme une tigresse amoureuse au flanc du tigre
vainqueur.

L'appel qu'il attendait ne vint pas.

XVIII

PEUT-ETRE aurais-je mieux fait de ne pas connaître cet homme...

Là, devant moi, s'étendait le frémissement de l'Aventure. C'était le monde du vaste silence, vide de tout, sauf de la vie.

Mais où commence, où s'arrête la vie?

Les coudes appuyés aux genoux, l'Indien semblait réfléchir, penché dans son attitude coutumière. Il dressa la tête, prêt à parler, fit un geste de découragement, comme si les mots qu'il allait dire ne pouvaient rendre sa pensée.

— Ce n'est pas assez de vivre... Tout ce qui vit a une conscience. Quelle différence vois-tu entre une bête, une plante et une machine?

Il s'arrêta. Sa main brune et décharnée désignait une herbe grasse qui se dressait devant nous comme un nid de serpents surpris. Il se leva, ouvrit une feuille enroulée. A l'intérieur, il y avait une boule noire. La feuille se détendit lentement à la lumière et reprit sa position normale.

Il examinait maintenant avec attention la boule dans le creux de la main.

— C'était une mouche ou peut-être une araignée... La feuille ne se serait ouverte qu'après avoir assimilé complètement l'insecte... Une brindille de bois, une goutte de pluie peut tomber sur la plante qui ne se refermera pas... Parce qu'elle est sans yeux, sans oreilles et sans cerveau, crois-tu que cette feuille n'a pas une conscience qui éclaire et guide sa vie?

— ...

— Et toi, qu'es-tu? Ta raison n'est pas différente de celle de la plante qui tue et mange une proie?

Des voix s'élevaient qui semblaient répondre à sa voix.

C'étaient les voix des humbles plantes qui nous entouraient dans l'obscure maison de la jungle.

Les faibles murmuraient d'ardentes protestations. On les voyait user d'astuce dans la lutte contre les géants et les parvenus de la Forêt.

Vers le rayon de lumière qui tombait entre deux cèdres, toutes les pousses se tendaient comme des mains de prisonniers vers le soupirail du cachot.

Quels patients calculs... quels efforts de logique et quelles ruses pour échapper à la domination des puissants, pour ramper du sol gluant aux terrasses vertes du toit de la jungle sur quoi s'étale le soleil...

La pénombre faisait une nuit merveilleuse dans l'immense parvis de la forêt. La lumière était presque semblable à celle d'un jour d'automne, mais plus douce. Très loin, on entendait les soupirs des bêtes, le clapotement de l'eau du lac et des voix graves, sourdes, qui semblaient raser le sol.

Le monde m'apparaissait maintenant tout différent.

Qu'étais-je en somme dans ce pullulement d'êtres? Je voyais que la vie était partout et que l'âme des choses que je croyais inertes dominait ma propre conscience.

Il eût mieux valu pour moi ne pas avoir connu cet homme. Ses yeux étaient comme des phares qui pénétraient la nuit de la vie.

Je me détournai soudain avec un rapide battement de cœur. Marthe était là, rieuse, cherchant querelle au Peau-Rouge.

Elle s'agrippa des deux mains à une liane qui céda sous son effort. Elle put ainsi cueillir une orchidée géante aux reflets d'opale.

Quand elle eut dans les mains la fleur monstrueuse, elle déchira lentement les larges pétales gras.

— Tu as détruit de la beauté...

— Et de la vie...

Marthe souriait, légère et radieuse dans l'encadrement de la liane abattue. Cependant, une voix montait du sol :

— J'avais, pour vivre, vaincu la nuit et les
longs jours de sécheresse. Maintenant, l'acajou
généreux qui me donnait sa sève a perdu sa parure... la lumière ne reflétera plus en moi l'arc-
en-ciel, doré, mauve, vert et rouge.

Et voici que d'autres voix de plantes se joi-
gnirent aux lamentations de l'orchidée agonisante:

— Pourquoi as-tu détruit la beauté, la vie et
l'âme de la fleur merveilleuse?

— ...

— Tu as tué sans raison..

Mais Marthe, indifférente, suivait les ébats d'un
tatou, dont le museau, en forme de trompe, reni-
flait sur le sol l'orchidée déchirée.

Le tatou revêtu d'une carapace rose ressemblait à un petit porc en porcelaine. Il allait avec
des gestes raides d'automate. Bardé d'ivoire et de
corail, semblable à un bibelot chinois, il parut
déconcerté de sa trouvaille et rebroussa chemin.

Marthe le prit dans ses bras.

— La chair du tatou est délicieuse, dit-elle;
elle est blanche et tendre. Je garderai la carapace
avec laquelle on fait des peignes qu'aucune écaille
ne peut égaler.

XIX

L'UN après l'autre, les jours s'en vont ainsi dans le néant. Je sais bien qu'en somme, tout cela n'est que stérile agitation et qu'ici, sans avoir bougé d'un pas, vivant parmi des hommes exaspérés et des plantes immobiles, je cherche en vain à pénétrer le secret qui m'entoure.

Cependant, voici qu'à nouveau la vie merveilleuse des choses apparaît... et j'hésite...

Comment les hommes qui liront ce livre me comprendront-ils? j'écris pour ceux qui vécurent avec moi : les mineurs, les bêtes, les arbres et la drague, dont l'âme m'a été révélée.

Et je suis là, au bord du marécage, troublé jusqu'aux lointains obscurs de mon âme, jusqu'à l'au-delà de ma conscience d'homme, par la présence de l'Indien...

Tout, tout ce qui remplit ce paysage, les plantes, le lac, les oiseaux, tout s'agite et murmure et s'en va de gauche à droite, entraînant dans un balancement mon cœur désemparé.

De même que les Saramacas, lorsqu'ils ont bu à perdre la raison, renoncent à la parole et crient ensemble pendant des heures, de même, les arbres et les choses inanimées, gesticulant dans la folie de l'orage, hurlent et frémissent et poussent d'assourdissantes clameurs.

Le vent secoue aux quatre coins l'édifice de la forêt et rugit comme un vapeur sous la tempête.

Les rafales fauchent la brousse. Le ciel tout entier, sous les coups du tonnerre, claque comme une voile.

De la hutte où je suis blotti, je vois l'Indien accroupi, les yeux fermés et qui semble dormir. Près de lui erre le fantôme au visage blafard qui s'agite, et semble exaspéré par l'orage. On entend ses pas qui clapotent dans le sentier boueux. Le treillis tendu dans l'air par la pluie le traverse.

Il va sans arrêt sur le chemin de halage, d'un bout à l'autre du lac.

Lorsque la tempête fut apaisée, il y eut un long recueillement. Une Présence invisible planait. L'Indien, debout, dardait sur l'horizon son dur regard comme une flèche brillante d'acier.

C'est alors, dans l'accalmie ensoleillée, que vint la voix de la drague.

Elle vint de la clairière, lumineuse et rouge comme un brasier, que dessinait le soleil au milieu du lac dans l'encadrement noir de la forêt, de la clairière illuminée où gisait l'énorme amas de machinerie.

Le fantôme, les bras tendus vers elle, ressemblait, dans ses vêtements blancs, à un aigle séchant ses ailes.

— Voici, disait la voix, que les hommes m'ont abandonnée et la mort m'enveloppe... je ne serai bientôt plus qu'un squelette... un arbre mort flottant sur l'eau.

La drague montrait, sous le soleil qui l'incendiait, ses joyaux étincelants. L'acier chromé des lèvres des godets poli par le travail, les cuivres de la chaîne, les tables à mercure, brillaient comme des diamants.

— Les hommes m'ont abandonnée... mon corps innombrable meurt... j'étouffe sous le silence qui m'accable... la rouille paralyse les articulations de mes membres... l'eau gagne les profondeurs de ma coque.

Aux lamentations du monstre d'acier, des voix répondaient :

— Ainsi, toute ta vie est subordonnée à la présence de l'homme. Comme les bêtes domestiques et les plantes du jardin, tu meurs parce que l'homme t'a abandonnée... Pourtant, tu étais alerte et active lorsque l'homme était fatigué; tu avais l'esprit lucide et calme quand l'ouvrier s'endormait dans l'accablement de la fatigue ou de l'alcool. Plus rapide que l'oiseau, plus robuste que des centaines d'hommes assemblés, légère comme

le héron qui flotte sur l'eau les ailes étendues, tu
étais pour nous le plus prodigieux étonnement.

A demi penché sur le marécage par la tempête, un bois de rose exhalait jusqu'à nous son
âme odorante.

— Que t'importe? disait l'arbre embaumé, que
t'importe.. n'es-tu pas immortelle? J'ai vu les premiers hommes qui ont occupé ce camp; ils étaient
en tout semblables à ceux qui t'abandonnent; ils
menaient une vie misérable; ils sont morts. D'autres sont venus, plus misérables encore. Toi seule
es restée; chaque saison t'a apporté un nouveau
perfectionnement.

D'autres arbres racontèrent l'arrivée de la première drague et le développement incessant du
monstre dont les cris les avaient d'abord effrayés.

Le fantôme répétait les paroles confuses venues
de la forêt, mais nul n'aurait pu discerner d'où
venait la voix qui parlait en moi-même.

— Pour atteindre leur degré de développement actuel, les plantes et l'homme ont lutté et
souffert pendant des millions d'années... choses
inertes et stupides en qui la conscience ne se révélait que lentement. Compare ces lents progrès à
l'épanouissement rapide de la machine déjà supé-
rieure à tous les êtres vivants. Les plantes, comme
les animaux, ont acquis lentement la mémoire et
le sens des pressentiments. Ils se communiquent

leurs pensées... Combien de siècles a-t-il fallu pour en arriver là? Et cette drague qui vit, qui travaille... crois-tu qu'il lui faille longtemps pour acquérir la pauvre science que donne les yeux et les oreilles aux animaux et l'instinct aux plantes?

Il faisait maintenant très calme. Pas un souffle de vent aux cimes des arbres. La drague, bercée par un remous invisible, écoutait avec orgueil les voix qui lui venaient de tous les points de la jungle.

Elle savait désormais qu'elle était autre chose qu'une petite portion de matière inanimée, et que, sur cette terre merveilleuse, parmi le peuple de la vie animale, elle pouvait, sans combattre ni souffrir, atteindre au premier rang. Des voix lui arrivaient qu'elle croyait n'avoir jamais entendues auparavant; le lourd aboiement du maipouri, le cri strident de la loutre venant de plusieurs milles au loin, le hululement assourdi des vautours cachés dans les palmiers, le meuglement des cerfs. Elle entendait le craquement des pieds des bêtes inconnues, le glissement des singes, et d'étranges chuchotements dans les feuilles. Tous lui disaient qu'une âme vivait en elle et que la mort n'était qu'un état passager...

Un immense vautour noir, do.. les ailes avaient des taches grises aux extrémités, s'abattit sur son toit de zinc avec un bruit de ferraille et répandit une odeur de fauve, de moisissure et de chair pourrie.

— Tu es, dit la voix, tu es la reine du monde. Ta beauté et la précision de tes muscles t'ont donné la puissance qui t'affranchira de la mort. Bientôt, tu agiras par toi-même, tu vaudras mieux que n'importe quelle intelligence...

Et les arbres parlaient encore malgré le crépuscule qui couchait toutes choses dans les draps noirs de la nuit. Suivant leur tempérament, arbres majestueux puissamment ancrés sur le sol, arbustes maladifs aigris par la lutte inégale, ils disaient l'éternité de l'âme et le recommencement de la vie.

L'Indien, sur la digue étroite, marchait en équilibre. Rien ne pouvait être comparé à la splendeur harmonieuse de son corps nu d'athlète, si ce n'est le grignon élancé qui dresse vers le ciel sa colonne ionique, très pure, éblouissante de sève et de puissance.

Il y avait dans ses yeux tant de lumière qu'il suffisait de le regarder pour être inondé par les irradiations émanant de ses prunelles.

Hier, je souffrais, comme d'une honte secrète, de l'abandon du placer. Maintenant, je savais

par lui que l'œuvre de ceux qui nous ont précédés
ne serait pas perdue.

Que l'Indien lève vers le ciel ses mains toutes-
puissantes et la drague frémira de nouveau, et sur
les tables tremblantes, où les sables se classent
par densité, l'or rouge s'amalgamera au mercure
blanc...

*
**

— Parle-moi encore... C'est de toi seul qu'est
venue la lumière qui brille en moi. Par toi, je
crois à la vie... Regarde... mon cœur apaisé est
prêt désormais... je suis libre... et je crois...

Pour la première fois, j'ai vu passer un sourire
sur les lèvres de l'Indien.

— Tu es, dit-il, comme un hibou aveuglé par
le rayonnement de l'eau. Tu cherches, ébloui et
engourdi, la route égarée. La tempête est venue...
le cœur des hommes est déchiré par une passion
qui souffle sur le camp, violente comme un
typhon... Peut-être connaîtras-tu, par là, la source
de la vie...

— ...

— Tu n'étais rien... tu besognais obscurément.
L'incendie qui s'allume en toi éclaire des profon-

deurs merveilleuses. Le monde t'appartient... lève-
toi... demain tu connaîtras le mystère...

— Qui me donnera la force de te suivre?

— Regarde...

XX

ALORS, comme si elle répondait à un appel secret de l'Indien, une femme nue sortit du champ de bananiers qui descendait au lac.

Elle regarda avec précaution autour d'elle et, ne pouvant discerner le regard des plantes qui l'environnaient, elle s'avança sans crainte au bord de l'eau.

Elle était admirablement svelte et admirablement blanche. Elle rejeta ses cheveux en arrière et, la tête dressée vers le ciel, les bras arrondis sur la nuque, elle était comme en extase. La lumière transparente du soir l'enveloppait de mousseline.

Quand elle sortit de l'eau, les yeux attentifs des arbres virent frissonner la blancheur délicate de ses bras et de sa poitrine.

C'était une sirène venant respirer hors de l'eau la lumière des hommes. L'air, autour d'elle, était une poussière dorée.

Comme je m'élançais à travers le feuillage, l'Indien me prit doucement le bras.

Je voulus appeler :

— Marthe...

Une joie profonde, le contentement du désir satisfait me secouait des pieds à la tête.

Echappant à l'étreinte de l'homme, je courus vers le champ de bananiers; Marthe venait déjà à ma rencontre.

Je suis là, au bord du marécage, tremblant devant la vie comme une hirondelle des mers fascinée par les feux d'un paquebot.

Plus fragile qu'une branche dans la jungle, que suis-je dans cette vie éperdue?

La nuit, profonde comme l'eau d'un port, m'accable, et je suis seul. Sous la fièvre qui monte, je ne peux plus ni penser, ni agir.

Il y a, au sommet de la colline, une case où brille une lumière. Des fruits font des taches dorées sur la table, parmi les verres, la porcelaine et les roses rouges de France...

Un coup de feu éclate, puis un autre... puis le silence lourd et mouillé; puis, très loin, des cris que le vent disperse et qui passent sur le marais comme des râles.

De nouveau, un coup de feu... La solitude frémit avec un bruit de feuilles froissées, comme tremble soudain un peuplier au crépuscule.

Je crois entendre la voix lointaine de Marthe... des sanglots et des prières.

Quel crime a-t-on commis pour elle?

Des lueurs rouges s'allument au fond de mes yeux, des lueurs rouges qui jaillissent et dansent un instant devant moi. La fièvre m'abat sur le sol, d'un seul coup, comme un lutteur frappé au visage.

XXI

IL était toujours vagabond, le fantôme aux mains moites et tièdes.

Il allait, du camp au chantier forestier, de la drague aux plantations de cannes à sucre, cherchant quelque chose qu'il ne pouvait trouver. Il était comme un jeune tigre en quête d'un nouveau domaine de chasse, n'ayant ni but ni méthode dans sa vie errante.

Sa vie ressemblait à la nôtre, comme l'ombre ressemble à l'objet.

Il venait à la hutte abandonnée dont Marthe avait fait sa cabine pour le bain.

Assis sur le tronc de wacapou, qui formait une sorte de plancher dans la boue et sur lequel les ibis rouges s'alignaient au crépuscule, il attendait la nuit, flairant l'air, comme s'il respirait le parfum que le corps nu de Marthe laissait là chaque soir.

J'aurais voulu l'interroger, et je craignais je ne sais quel aveu monstrueux.

Les ibis venaient de s'enlever d'un même vol, obéissant à un signal mystérieux.

La surface du lac et la ligne sombre de la forêt lointaine étaient d'une solitude préhistorique. La vie apparaissait comme immobilisée par la nuit. Le sentiment de l'isolement était intense et frais.

Pour vaincre la timidité qui m'empêchait de lui parler, je m'approchai, fixant ses yeux ardents qui brillaient.

— Quel est ton secret?... je croyais connaître toutes tes pensées. Ta vie n'est pas différente de la mienne. Ta voix est celle de tous les hommes. Je sais que tu es vivant... et pourtant, lorsque ma main s'approche de la tienne, il me semble qu'il y a un brouillard froid autour de toi.

— ...

— Tu vis passionnément la vie du camp. Je sais que ma souffrance est la tienne... Est-ce que, toi aussi... réponds-moi... est-ce que tu l'aimes?...

Son regard se détourna du mien. Une lueur passa dans ses yeux. Il sourit et haussa les épaules.

— Peux-tu lire dans son cœur? Je l'attends... Et toi, te voici... réponds-moi... Pourquoi es-tu venu?

Un court frisson secoua les épaules décharnées de l'homme. Il s'approcha si près que ses vête-ments touchaient les miens.

Le hurlement d'un puma, dans le lointain, retint un instant son attention.

Il y eut soudain entre nous une lumière blan-che. Ce fut comme un rayon de lune traversant l'épaisse tenture du ciel, comme le reflet d'une lampe jaillissant d'une porte entr'ouverte.

Marthe, frissonnante, était devant nous, les joues rouges d'avoir couru, la poitrine oppressée.

— Je ne peux pas aller où je veux, dit-elle; je pars... une force mystérieuse m'entraîne au-delà de mon chemin... Je voudrais tant être libre...

Le son d'une flûte, modulant sur trois notes un chant monotone, indéfiniment répété, s'éleva de l'ombre où dormait le village. On entendit des voix, un sifflement aigu, les aboiements des chiens.

Puis la nature ne fut que sommeil et silence.

Des étoiles brillaient comme des lampes lointaines, versant sur le monde l'eau chatoyante d'une molle lumière houleuse.

Je tenais dans mes mains les mains tièdes de Marthe.

C'était, dans la nuit tropicale, humide, fraîche et très lourde, comme une haleine de printemps, sous les lilas, un soir, très loin, dans le passé.

— Marthe...

De sa tête, appuyée à mon bras, je ne voyais que les cheveux en torsade et la nuque imprégnée d'une odeur fauve d'ambre.

Tremblant au vent comme un bruit d'ailes froissées, un appel venu du camp planait et descendait lentement.

Nous ne comprîmes pas tout d'abord. Cela nous rendait nerveux et mal à l'aise.

Nous attendions quelque chose. Mais quoi? Le fantôme me regardait et regardait Marthe, attentif.

Les yeux dilatés, la téte dressée, Marthe écoutait...

L'appel répété arrivait à nous à pas lents, comme un voleur qui entre, petit à petit et avec précaution, dans un endroit défendu.

Marthe observait anxieusement la direction d'où provenait le mystère et le tressaillement du bruit. On pouvait entendre le souffle précipité de sa gorge et le battement de son cœur.

Et le fantôme, se penchant de façon à suivre chacun des mouvements du visage, murmura :

— C'est l'appel... c'est le signal de l'homme qui t'attend... il est l'heure, ta place n'est plus ici...

Toute blanche, dans la clarté phosphorescente qui venait du ciel étoilé, Marthe, debout sur le wacapou, tremblait, comme une tigresse en amour lorsque des miaulements lointains font vibrer la nuit chaude.

— Va-t'en, disait une voix qui semblait être celle de l'homme diaphane. Tu n'as plus rien à faire ici.

Marthe regardait la colline où des lumières très hautes brillaient au loin.

Un élan souleva sa robe blanche. Elle fit un pas, revint, et s'abattit comme un oiseau blessé.

— Je ne peux pas, dit-elle.

Elle pleurait.

Semblable à un défilé de navires en haute mer, des nuages monstrueux, sortis de l'horizon, toutes voiles dehors, flottaient dans le ciel opaque.

De larges ombres passèrent sur le toit de la forêt et sur le lac.

— Garde-moi, disait Marthe, garde-moi... je ne peux pas... je voudrais être une petite fille inconnue et oubliée dans un village... j'ai peur... défends-moi.

De toute la force de mes bras, je la tenais enlacée, la serrant et la berçant, les joues mouillées par ses larmes.

— Marthe...

— Ne parle pas, dit-elle dans un murmure... Sauve-moi.

Sur ma poitrine presque nue, l'effort élastique et chaud des seins pressés sous mon étreinte... et l'haleine.. et les larmes... et la voix douloureuse et convulsée de cette femme qui s'abandonnait...

Les lèvres de Marthe avaient un goût sucré.

Il y avait sur le lac des lumières de farfadets...

la nuit défaillait sous une accablante senteur de tubéreuses.

De nouveau arriva l'appel du camp. Cette fois, c'était une horde entière qui hurlait à travers le silence et le mystère de la nuit.

Marthe se blotissait plus fort entre mes bras lorsque passaient sur sa nuque les larges ondes de l'appel.

— Marthe...

Mais les voix des arbres, du lac et de la solitude, dispersaient les pauvres mots que j'essayais en vain.

— Elle est là, disaient les voix, pour toi seul. Elle s'est donnée à toi. Garde-là... Des mains d'hommes agonisants ont laissé sur les draps de son lit des taches de sang. Les âmes désespérées de ceux qui l'ont convoitée errent sur le camp et joignent leurs cris à l'appel qu'elle a entendu... Elle est là, dans la nuit, pour toi seul.

Une force nouvelle m'était venue.

S'il fallait, pour la garder, lutter comme un chacal devant les loups, je lutterais jusqu'à la mort.

Comme il était léger, le fardeau du jeune corps abandonné à mes bras... Un sang nouveau bouillait en moi ainsi qu'un vin généreux.

— Et toi, tu m'aideras?

Les yeux pleins d'orgueil et suppliants cependant, je regardais l'homme qui se tenait debout

devant moi. Je crus voir l'Indien, mais ce n'était
qu'un fantôme phosphorescent.

Penché vers nous, il semblait arc-bouté au sol.
Ses muscles vibraient comme des câbles tendus.
Il y avait dans ses yeux des lueurs que je n'avais
jamais vues et qui étaient comme les flammes courtes d'un brasier dans un four. Sa mâchoire inférieure tremblait légèrement.

Il voulut parler, un son éraillé s'étrangla dans
sa gorge. Son poing tendu vers moi, qui frôlait mon
visage, avait une odeur de soufre. Il grinça des
dents; on entendit un blasphème.

Et plus rien n'apparut, dans la nuit ardente, que
le beau visage, penché sur mon bras, de Marthe
qui semblait dormir sous les étoiles.

XXII

IL n'y avait aucune raison pour courir ainsi la brousse. L'esprit de vagabondage dirige toutes les créatures animales de la forêt.

La prospection du plateau des Ananas était le prétexte de cette expédition. Cependant, nous étions simplement en voyage.

Pourquoi?

C'était peut-être un caprice de Marthe... C'était peut-être un obscur pressentiment qui nous entraînait sur la grande route... C'était peut-être le besoin de fuir le camp hanté par la folie.

Toujours est-il que nous étions campés et équipés ainsi que des prospecteurs. Comme la pénombre était douce sous les arbres odorants...

Mais c'était peut-être pour fuir l'Indien et ses sortilèges.

Le forçat cuisinier, agenouillé sur le sol, ouvrait à la scie la carapace d'une tortue de terre. La bête suppliciée sortait et rentrait avec des mouvements convulsifs des pattes palmées et une tête pointue.

Lorsque la carapace fut ouverte, le forçat arracha les muscles à coups de sabre d'abatis.

Perché au sommet d'un palmier mince et nu comme un mât de cocagne, un mineur nous lança un cœur de chou palmiste tranché d'un seul coup de hache. Le chou palmiste a un goût de noisette. Il est formé par la tête du palmier qui meurt après ce sacrifice.

Marthe veillait aux soins du déjeuner.

Marcel Marcellin racontait je ne sais quelle histoire de chasse.

L'heure de la sieste venait dans l'engourdissement de l'ombre verte et torride, hachée par de violents éclats de soleil cru.

C'était un midi très doux, très calme. Sur nos têtes, une gerbe d'orchidées, accrochée par un fil à peine visible au toit de la jungle, était suspendue, comme un lampadère.

Tout près, au bord de la crique étroite, claire et silencieuse comme un ruisseau dans la plaine, un grand corps d'adolescent pendait, crucifié à un cèdre.

C'était un corps d'enfant mâle, robuste, aux muscles déjà puissants. La peau, d'un blanc laiteux, avait des reflets roses et nacrés qui la différenciaient tout de suite de la peau humaine.

Le cadavre du singe noir attaché aux poignets, les côtes disloquées, le ventre bombé et les jambes écartées, avait pris une attitude obscène. La tête penchée sur l'épaule portait encore un poil noir, comme une barbe souillée de sang. Les yeux bridés du visage fripé et grimaçant avaient un aspect asiatique et bestial.

Le forçat râclait au couteau la peau du grand singe dont la chair séchait au gibet pour le repas du soir. Les mains rouges de sang, il alluma un feu de bois vert et étendit sous le vent la fourrure qui devait ainsi sécher à la fumée.

L'heure lourde endormait les bêtes et les choses. L'heure lourde...

Des bruits enveloppés de silence...

Il faut avoir vécu seul dans la jungle pour entendre ce silence vivant.

Il y a des solitudes qui sont peuplées comme des villes, et des jours plus chargés d'ombre que des nuits de printemps.

Il y a dans le silence de la forêt des voix toujours nouvelles : des sanglots, des cris étouffés d'enfants, des coups sourds, comme des coups de hache dans le lointain, et, tout proche, un froissement d'ailes, le tremblement du vent dans les cimes, et toujours un grondement comme le frottement de l'eau sur une plage.

Dans le clair-obscur de la forêt, le jour était humide et vitreux, semblable à celui des profondeurs marines.

Les hommes dormaient, couchés sur le dos, comme des moissonneurs au repos. Une odeur acide venait du corps écorché qui séchait au soleil.

XXIII

NOUS étions simplement en voyage...

Une odeur de bois coupé et de feuillage mouillé donne un goût aigre à l'air frais.

Rien n'explique notre départ du camp. C'est en vain que, dans le silence torride, j'en cherche la raison. Nous avons abandonné le placer. Nous voici sur une route inconnue.

Un secret instinct nous a conduits ici et nous pousse déjà à partir je ne sais où.

Sans nous être consultés, nous avons fait les préparatifs du départ. Une obscure folie erratique nous emporte.

Nous avons vu les hommes déserter peu à peu les chantiers autour du camp. La drague abandonnée est un monstre sans vie.

Une puissance mystérieuse nous entraîne, à laquelle nous sommes aveuglément soumis, et qui ne nous a pas encore révélé ses desseins.

— Marthe...

— Comme il fait bon vivre... où irons-nous ce soir?

— Pourquoi ne dormez-vous pas?

— Je voudrais partir... Il fait bon ici... je sens délicieusement battre mes veines... Où irons-nous, tout à l'heure?

Des perroquets verts passent par volées en jacassant. Ils ont des ailes d'émeraude qui tranchent sur le vert foncé des arbres. Des aras rouges les croisent, poussant au passage des cris éclatants, comme des sonneries de cuivre.

Les hommes s'étirent, se dressent, un à un, sur leur séant et retombent lourdement pour dormir encore.

Je vois, entre les cils baissés, le regard impatient de Marthe.

— Réveillez-les, dit-elle, partons...

Elle est assise devant moi. Ses pieds nus crispés, ses mains frémissantes, le balancement des épaules, témoignent cet énervement enfantin qui est le propre de la folie nomade dans la brousse et qui est aussi le propre de l'esprit inconstant et inquiet de la femme sous toutes les latitudes.

— Réveillez-les... dit-elle.

Mais l'implacable silence et la tiédeur de l'air ont peu à peu calmé son cœur agité.

Pour dormir à son tour, elle a mis sa tête sur mes genoux. Je dénoue ses cheveux qui roulent sur le sol, comme un sable doré.

Cependant, nous, seuls, sommes immobiles. Tout près, derrière les arbustes qui regardent l'eau de la crique, des bêtes lentes rampent et s'en vont. Un peu de vent a mis en mouvement les hautes frondai-

sons qui passent sur nos têtes comme une eau frou-
froutante.

Tout n'est, autour de nous, que vie mouvante,
glissant lentement vers les plaines lointaines, comme
l'eau voisine, les serpents et les oiseaux.

Pour que le vent léger, qui rampe à ras du
sol, donne un rêve tranquille aux yeux clos qui
palpitent, de mes doigts écartés, j'ouvre les cheveux
blonds. Je ne sais si j'ai donné ou si j'ai reçu la
caresse qui brûle mes mains et qui me tient penché,
frémissant, sur la blessure rouge des lèvres entr'ouvertes.

Elle dort, très pâle...

C'est pour elle que les lianes ont mis dans l'air
tiède des orchidées géantes, qui se balancent et qui
flamboient comme des lustres dans une cathédrale.

C'est pour elle que les santals et les bois de
rose exhalent leur âme en extase; c'est pour elle
que les panaches des palmiers et les bambous
froissés par le vent chantent à l'unisson une ber-
ceuse monotone et langoureuse.

C'est pour elle que le soleil incendie la terre et
brûle ma chair.

Le monde n'est plus... rien n'existe.

La volupté profonde qui me vient au contact du
beau corps endormi a dissipé le monde extérieur.

Je sais maintenant que rien n'existe des pauvres
images créées par moi. Mes yeux ont en vain rêvé

les arbres géants et les bêtes, le sable aurifère, la drague et la maison sur la colline...

Je n'ai vu que l'ombre d'une ombre. Mes sens n'ont imaginé qu'une parcelle du reflet de la vie.

Peut-être, à cette heure où tout s'évanouit devant moi, où s'échappe le monde, peut-être Dieu m'a-t-il donné la notion du néant de l'homme devant l'immensité du mystère de la vie. Au fond de moi, j'ai l'obscure conscience des mondes mystérieux qui m'entourent et qui sont tout différents de ce peu de matière imaginée par l'homme.

Je sais qu'à cette heure divine le désir emplit l'univers. Je sais que les cheveux de Marthe sont dorés et qu'ils sont sur mes bras plus doux qu'une soie blonde, plus frais que des roses sur la joue d'un malade.

Et parce que la gorge nue de Marthe palpite, parce que l'air embrasé est chargé d'odeurs de sucre et de vanille, parce que des pieds nus dorment sur le sable blanc, parce que, sur mes genoux, le plus beau visage irradie la lumière grise...

Haletant, comme une bête blessée, une brûlure de fer rouge au cœur, les paumes des mains douloureuses, je mords à pleines dents, jusqu'au sang, le poing que j'ai mis sur mes lèvres pour ne pas crier.

113

*
* *

Autour de nous, les hommes s'agitent et murmurent. Ils rangent avec une hâte affectée les objets du campement et se regardent en dessous.

Marthe dort. Pour ne la point éveiller, je feins à mon tour de dormir.

Je vois grandir la colère des mineurs qui nous montrent entre eux du regard.

Une injure, des menaces proférées à voix basse...

Je voudrais bondir, leur sauter à la gorge, et, comme un loup égaré surpris par la horde, combattre, et mordre, et tuer.

— Debout!...

Marcel Marcellin est là, devant moi, les yeux injectés de sang, la poitrine battant comme un soufflet de forge, les poings menaçants.

Marthe, dans un sursaut, s'est dressée. Etourdie et chancelante, comme si elle venait de recevoir un coup, je la vois pâlir et s'appuyer des deux mains aux épaules de Marcellin.

Que faire?

La colère et la honte me tiennent frémissant, les yeux troubles, prêt à frapper, devant les hommes assemblés.

Une joie brutale brille dans tous les regards. Tous savent que le combat qui se prépare est

114

sans merci. Déjà les meilleurs d'entre nous sont morts dans ces assauts de bêtes déchaînées.

Mais Marthe défaille dans les bras de Marcel Marcellin. Le créole l'emporte évanouie au bord de la crique et lui met de l'eau fraîche sur le visage et sur les mains.

XXIV

JE te parlerai, dit Marcellin, cette vie m'étouffe... Viens ce soir sur la crique... il faut que je te parle.

Marcellin, les bras nus, la poitrine noire, ouverte et débraillée, parlait en évitant mon regard. Il se balançait avec gaucherie. Sa poitrine bombée soufflait pesamment.

— Tu prendras ton fusil, dit-il, en dardant sur moi des yeux d'acier.

Les cocotiers, girafes du monde végétal, pleins de grâce, élégants et souples, étaient alignés devant nous au bord du marais.

Derrière, s'étendait la plaine immense sur quoi tombait le jour coutumier du matin, rose, vaporeux.

Sur la solitude éperdue de la plaine verte, quelques partis d'aigrettes blanches volaient au ras des herbes de Para.

Devant le grand silence, il n'y avait plus que les mâts dressés des cocotiers, debout dans l'éclat radieux du matin.

La vraie vie était là-bas, au delà de la plaine.

Ah! partir, voir l'autre lumière... aller, l'esprit en joie, l'esprit libre dans une contrée nouvelle... entendre d'autres voix, des chants d'hommes in-

connus, entendre des cloches, voir des jardins
en fête...

Lorsque les hommes, chargés de pelles et de
pioches, eurent disparu sur la colline, Marthe descendit, les pieds nus, vers la crique. On entendit
l'éclaboussement de l'eau, de jeunes rires et les
ébats familiers du bain.

Comme elle remontait le sentier, elle s'arrêta,
interdite :

— Pourquoi n'avez-vous pas suivi les hommes? dit-elle. Vous n'êtes bon à rien.

— ...

— C'était pour moi une grande journée de
repos. J'étais heureuse d'être seule tout un jour...
Et vous voilà...

Elle fit la moue, sourit, et secoua au soleil ses
cheveux mouillés.

— La prospection est une passion comme la
chasse... Vous ne chassez pas, vous ne savez pas
prospecter l'or... Peut-être avez-vous l'intention
de m'aider à préparer le repas du soir?...

Ses paroles blessantes entraient en moi comme
des flèches.

Je lui rapportai les menaces de Marcellin.

Elle haussa les épaules et poursuivit sa route vers
le camp.

Ainsi, c'était là tout ce qui restait en elle des
heures divines, des serments et des caresses, et de

mon âme qui s'était donnée à elle et qui ne vivait plus que dans la lumière de ses yeux.

Pour elle, d'autres étaient morts, d'autres souffraient une vie de tortures. Et pour moi, comme pour tous, elle n'avait que sarcasmes et dérision.

Je revoyais Delorme, les coudes appuyés sur la table où s'était penché le fantôme; il cachait son visage dans ses mains que les sanglots secouaient.

Tour à tour, séduits et trahis, les hommes du camp devaient-ils tous disparaître?

Elle était, comme toutes les femmes, frivole, perverse et cruelle.

Une impression de fatigue et de satiété m'était venue dans un abattement qui me laissait las comme si toute ma vie était brisée.

Ma pensée allait, malgré moi, à l'Indien.

Je ne sais pourquoi j'attribuai mon désespoir à son absence. Je l'invoquais, mon esprit ne rencontrait que le vide et le découragement.

Le jour, plus robuste, fondait les teintes tendres du matin; les brouillards du marais se confondaient avec les moutonnements de l'herbe drue et s'élevaient en larges nappes blanches et transparentes. La plaine, sous ce dais immatériel, scintillait comme une mer lointaine et semblait s'élever avec les ombres qui montaient lentement vers le ciel.

Il n'y avait pas d'autre issue, pour échapper à

la détresse de mon âme, que cette plaine qui m'attirait comme un mirage.

La vraie vie était là-bas, au delà de l'immense plate-forme verdoyante.

Ah! partir...

Ce soir, j'irai sur la crique... C'est un ruisseau qui chante gaiement sur un lit de gravier entre deux murailles de lianes vertes. Il forme çà et là de petites îles. L'air qui glisse avec lui tremble du tonnerre lointain d'une cascade.

Ce soir, la chaude odeur de l'homme emplira la pénombre.

Marcel Marcellin m'attendra dans la nuit lumineuse; les ombres penchées des bois de rose et les étoiles hautes palpiteront au souffle de son âme en feu.

XXV

L E forçat, les épaules chargées de gibier, pénétra en ahannant sous le carbet et se laissa tomber sur le sol. Il essuyait du revers de la main son front ruisselant de sueur. Il était affreusement pâle et gémissait comme une bête exténuée.

Sa vie était pire que celle d'un esclave. Combien lui restait-il encore à vivre?

Je m'avançai vers lui :

— Renard, dis-je d'un trait, j'ai résolu de partir. Je ne peux plus vivre. La prospection sera bientôt terminée. Il faudra revenir au placer. Ce sera la même vie... veux-tu partir avec moi?

— ...

— Nous prendrons des vivres et assez de poudre d'or pour le voyage. Je connais, sur le fleuve, un camp de Saramacas... Nous y attendrons un convoi... Veux-tu partir? J'ai décidé de rentrer en France, n'importe où.

Le forçat, sans répondre, se tenant toujours assis sur le sol, avait attiré à lui un hocco qu'il plumait à grands coups rapides et saccadés.

La vie de la brousse engourdit l'esprit à la longue. C'est pourquoi les hommes paraissent toujours

méditer et ne parlent que lentement, avec hésitation.

Je répétai ma question :

— Veux-tu partir?... tu me connais... je serai
pour toi le compagnon le meilleur.

Le forçat souleva pesamment la tête et les épaules, comme s'il faisait un grand effort. Ses yeux
jaunes et sans éclat me fixèrent un instant. Il pencha à nouveau la tête.

Assis, à mon tour, j'attendis anxieusement sa
décision.

— Rien ne te retient... ta condition est plus
basse que celle d'une bête de somme... tous te frappent... tu es usé par la souffrance et la maladie...
La liberté... la liberté.

Sans lever les yeux, le forçat fit un geste de
dénégation.

Je le forçai à se mettre debout.

— Allons, viens, dis-je brutalement.

Il se recula et, adossé à la paroi du carbet, il
répéta son geste.

— Non.

Je m'élançai, prêt à frapper.

— Pourquoi? As-tu peur?... tu es plus lâche
qu'un chien.

Des larmes brillaient dans l'ombre noire de ses
yeux profonds. Tout son corps décharné tremblait.

— Je ne peux pas, dit-il... je n'ai pas peur, je resterai ici... à moins que...

— ...

— Vous voulez partir seul avec moi... c'est pour cela que je préfère rester ici.

Tout à coup, un chant couvrit la voix défaillante du forçat. C'était la voix de Marthe... Le refrain d'une romance ancienne enveloppait le carbet et pénétrait entre les lames de wapa comme une lumière légère, comme les vibrations harmonieuses d'un rêve nostalgique.

Marthe chantait. On ne pouvait distinguer les paroles. Seul, le bercement de la phrase musicale venait jusqu'à nous.

Le forçat, appuyé au carbet, les mains derrière le dos, la tête droite, semblait me défier.

— Je ne partirai pas, dit-il, d'une voix rauque.

XXVI

MARCEL Marcellin m'attendait, le soir, assis sur une roche, au bord de l'eau.

Il tressaillit à mon approche. Il avait les traits tirés et l'attitude d'un homme épuisé par une journée de travail et de marche.

— Je t'avais dit de venir armé... Nous ne pouvons plus vivre ensemble.

Je m'assis auprès de lui. A voix basse, il m'accabla d'injures.

Tout à coup, exalté par la colère et le mal qui grondait en lui, il se tourna vers la colline, et le poing tendu, il cria :

— L'ensorceleuse...

Je restai silencieux. Son délire augmentait. Il grinçait des dents et blasphémait affreusement.

J'aurais pu, d'un geste de l'épaule, le faire basculer dans la crique, j'aurais pu le prendre à la gorge. Il était, dans son égarement, sans défense et entièrement à ma merci.

Et cependant, je tremblais devant lui. La peur m'enlevait toute raison.

Chacune des injures de Marcellin me frappait au visage. J'attendais avec angoisse le geste qu'il allait faire pour bondir sur moi, et j'étais sans force. La frayeur de la bête humaine me possédait.

La pleine lune rouge levée au-dessus du marais inondait la terre d'une lumière blafarde. On entendait, venant entre les rangs pressés des cocotiers géants, d'étranges bruits, très doux, comme s'ils étaient produits par des pieds ouatés ou des ailes palpitantes.

Marcellin, un couteau à la main, courait maintenant sur moi, les yeux fous, poussant des cris inarticulés. Ce n'était plus un homme, mais un démon. Il s'élançait, tombait, se frappait le visage et les bras.

Je fuyais...

Il courait en titubant comme un homme ivre. J'aurais pu le désarmer sans effort, mais la peur m'aveuglait, la peur de cette démence.

Soudain, il tomba sur les genoux, comme une bête blessée. Il avait l'épaule gauche déchirée; il râlait et grattait le sol de ses mains. Tandis que je le traînais vers le ruisseau, la trace qu'il laissait formait un chemin de sang. Je lavai le sang qui ruisselait de ses mâchoires entre lesquelles pendait la langue cruellement mordue et gonflée.

Il était trop grand et trop lourd pour le charger sur mes épaules. Je le laissai accroupi au pied du rocher où la folie était venue pour lui.

Ses lèvres, d'où le sang dégoulinait encore, répé-
taient le mot qui l'obsédait :

— L'ensorceleuse... l'ensorceleuse.

DEUXIÈME PARTIE

L E quatrième jour, vers midi, j'arrivai sur les bords de la Mana. Le fleuve est une foule tumultueuse et pressée. J'arrivais devant lui comme un paysan dans une ville.

Je montai un carbet et préparai mon repas. Je restai là jusqu'au soir, joyeux, observant la marche innombrable du fleuve.

Mon plan était de suivre la berge jusqu'au camp des Saramacas. C'était la partie la plus rude de la route. La brousse, au bord de l'eau, est impénétrable et, parfois, des savanes noyées obligent le voyageur à faire de longs détours sur un terrain impraticable. Suivre la berge est impossible lorsque le rideau de lianes ferme l'horizon comme un mur. Parfois, j'enfonçais dans la vase jusqu'aux genoux. Je crois bien que le premier jour je ne fis guère plus d'un kilomètre ou deux.

Cependant, le voisinage du fleuve me remplissait l'âme d'une joie intérieure, indéfinissable.

Le soir, pendant que le riz cuisait sur le feu de bois odorant, je construisais, avec des feuilles de bananier sauvage, un toit pour m'abriter contre la rosée de la nuit.

Un bruit familier vint du tournant lointain caché par les brouillards effilés. Ce n'était ni le clapotement des loutres, au réveil, ni le passage du maipouri, ni le vol d'un oiseau aquatique.

De l'ombre ouatée sortit bientôt une longue pirogue semblable, au loin, à un arbre flottant.

— Mango, mati... (Bonjour, ami...)

— Odio... (Bonjour.)

Les Saramacas, d'un élan des larges pagayes, lancèrent la barque vers moi. Ils s'arrêtèrent à une brasse de la berge, m'examinèrent avec soupçon.

— Gado (l'Esprit) a conduit les Saramacas près de toi... d'où viens-tu?

Bientôt, la pirogue qui m'avait pris à bord filait sur le courant comme une flèche.

Les Saramacas ne pagayent pas comme les Indiens. Ils donnent quatre coups rapides, puis s'arrêtent; la pirogue glisse sur son aire et, lorsque la vitesse se ralentit, les pagayes s'enfoncent à nouveau dans l'eau; l'Indien, au contraire, nage sans arrêt.

— Fo méki gnan, you no sabi,
Massa Gado gui mi fichi.
(Pour faire à manger, vous ne savez pas,
L'Esprit me donnera du poisson).

Les Saramacas chantaient. La lente mélopée s'accompagnait du balancement de la yole, légère et comme aérienne, qui semblait voler au ras de l'eau.

Le dégrad des Saramacas formait un appontement construit en patawa imputrescible.

Une vingtaine de pirogues étaient amarrées aux pylônes. Un groupe d'enfants nus qui piaillaient s'enfuirent comme une volée d'oiseaux, répandant autour d'eux la nouvelle.

— Odio, Boli, odio, ala souma. (Bonjour, Boli, bonjour vous tous.)

Les hommes et les femmes répondaient sur un ton traînant et aigu :

— Iia... iia.

Un vieillard qui marchait péniblement, appuyé sur un bâton, vint à moi, me prit par la main, et me conduisit au carbet des étrangers.

C'était une case en bardeaux couverte de wara et dont l'entrée, démesurément élargie, s'ouvrait sur le camp, de façon à permettre d'observer du dehors tous les gestes de l'occupant.

Pas de meubles. Le lit était un boucan placé à trente centimètres du sol et formé de gaulettes rondes. C'était un lit sans matelas ni sommier; cependant, les gaulettes étaient flexibles comme des ressorts et l'on y dormait mieux que dans un hamac.

Des enfants apportèrent des oranges, en échange de quelques morceaux de sucre.

Je remis au chef un paquet de tabac. Une vieille femme vida le contenu du paquet dans un mortier fait d'une demi-noix de coco, le réduisit en poudre et remplit le récipient avec de l'huile de coco et du piment. Puis le chef distribua le mélange aux hommes qui aspirèrent fortement les quelques gouttes reçues dans le creux de la main.

Les femmes, à leur tour, respirèrent l'effroyable mixture.

Ainsi, chacun des membres de la tribu ayant reçu un pareil cadeau, j'avais désormais droit à l'hospitalité.

Un des Saramacas de la pirogue m'apporta un morceau de poisson cru et du riz. Les enfants qui m'entouraient, poussant d'incessantes clameurs, allumèrent du feu.

La nuit venue, le chef vint s'asseoir auprès de moi. Les mains tendues vers le feu, il ne parla que du repas.

Et ce fut tout.

Personne, à partir de ce moment, ne prit garde à ma présence.

Les enfants avaient repris leurs jeux parmi les porcs sauvages, les agamis et les poules d'eau.

A l'aube, le village descendait à la rivière. Les Saramacas faisaient, en silence, de longues ablutions et frottaient leurs dents avec de la glaise.

Les repas des Saramacas sont faits de riz, de poisson boucané ou frais et de cassave, toujours assaisonnés d'huile de coco et de piment. Ils mangent très peu, leur ration quotidienne est, en quantité, inférieure au repas d'un enfant d'Europe. Ce sont cependant d'admirables athlètes.

Les Saramacas mangent à la porte du carbet; ils roulent avec leurs doigts le riz bouilli et la cassave en boule et les trempent dans la sauce pimentée. Les femmes mangent à l'écart.

Ma gloutonnerie était pour eux un objet de stupéfaction qu'ils s'abstenaient le plus possible de manifester, de même qu'ils s'abstenaient de tout commerce avec moi, tout en témoignant une politesse souriante et un peu dédaigneuse.

Ils n'ont, de même que les Indiens, aucune religion. Ils ne croient qu'à l'Esprit qui est un dédoublement invisible de l'homme. L'Esprit n'a aucune puissance. Il vit, parmi les Saramacas, de la même vie que les êtres charnels.

La vie de ces hommes sauvages est tout entière sur le fleuve. Ils partent sans raison, les pirogues vont à la dérive; ils rentrent le soir ayant fourni, pour remonter le courant, un énorme effort musculaire que rien ne justifie, si ce n'est la joie même de l'effort et le plaisir de vivre sur l'eau.

Ils pêchent rarement, et sans prendre aucune peine, se contentant de jeter à l'eau quelques bras-

sées de liane enivrante. La liane endort ou paralyse le poisson qui vient flotter inerte au ras de
l'eau.

Le souci quotidien de la nourriture et la torpeur qui régnait sur le camp engourdissaient l'esprit.

Parmi ces êtres sans âme, vivant une vie végétative, je trouvai la paix suprême.

XXVIII

QU'IL fasse le plus mauvais temps du monde, cela est sans importance.

Il pleut sans arrêt. Le vent secoue les carbets à les déraciner. Les pieds entrent dans la boue jusqu'aux chevilles. Presque toutes les heures, on entend comme une décharge d'artillerie : c'est un géant de la jungle qui fléchit sous son poids et s'abat en fracassant les arbres voisins.

Mais, en regardant autour de moi, je vois un rayon de soleil qui a tout à coup traversé l'ombre et une échappée de vue sur le fleuve vitreux...

Il n'en faut pas davantage. Une joie puérile s'empare de l'âme.

Je suis seul. La paix est enfin venue. Je garde en moi un intime bonheur.

Il y avait au placer Elysée des chants et des rires, des roses rouges, et la lumière joyeuse qui faisait vibrer jusqu'au cœur des pierres. Cependant, j'étais triste et abandonné.

Mais ici...

Le grignon, enveloppé de lianes comme une quenouille, le grignon pansu qui garde ma case, me regarde et me reconnaît. Il a une physionomie amicale. En partant chaque matin, j'ai le sentiment de laisser là un ami qui attend mon retour.

Je suis libre et heureux.

On voit, pressés sur la grande roche, au milieu du fleuve, un peuple bigarré d'oiseaux. Ce sont des hérons « grands-blancs », des pélicans argentés, des ibis pourpres, des condors couleur d'ardoise et des urubus noirs, géants. Ils ont quitté leurs demeures dans les hautes frondaisons pour venir sécher leurs ailes. Ils se tiennent alignés et silencieux. Parfois, un aigle blanc, tacheté de noir, apparaît très haut dans le ciel et tombe tout à coup perpendiculairement sur la roche. Pour lui faire place, les éventails ouverts des ailes multicolores frémissent, font un remous bariolé parmi quelques cris désagréables et des croassements de colère.

Ils sont, sur la pierre blanche, résignés, entassés et blottis, comme des forçats sur le pont d'un navire.

Peu à peu, les grands tapis verts et bruns de lianes étendues sur les parois de la jungle le long du fleuve se remplissent d'un monde inconnu de reptiles et de bêtes grimpantes. Les serpents s'enroulent aux branches qui ont leur couleur; les singes nains, noirs, gris et fauves, s'accrochent comme des écureuils aux lianes, et font le gros dos au soleil pour sécher leur poil.

Des profondeurs humides de la forêt, tout un monde de bêtes vêtues de couleurs éclatantes est venu s'accrocher ainsi aux draperies suspendues sur le fleuve dans la trouée où passe le soleil et forme une immense tapisserie recouverte de broderies aux teintes vives et de festons animés.

Les têtes acérées des serpents vibrent; les ailes des oiseaux-mouches tremblent; de bizarres insectes, semblables à des crabes rouges, grouillent sur les larges feuilles et grimpent le long des fils enchevêtrés.

Tout près du dégrad, une roche plate est un parterre de marguerites et de coquelicots. Mais ces fleurs ont toutes les nuances, du blanc laiteux au jaune pâle, toutes les dégradations du rouge à l'ocre, du vert ardent au violet fané. Parfois, au passage d'un maipouri turbulent, le tapis de fleurs s'anime... les corolles deviennent des ailes, des ailes frémissantes de papillons déracinés du sol, qui décrivent des arabesques dans la lumière, avant de revenir prendre leur place au jardin immobile.

Ainsi, après l'orage, les bêtes viennent demander à la rivière visitée par le soleil, le calme et l'oubli des mauvais jours.

Ainsi, mon âme a retrouvé la sérénité.

XXIX

LA vie allait de la sorte, monotone, semblable
à la vie régulière du fleuve.

Il se trouvait que le village saramaca
était au centre d'un cirque de collines, ouvert aux
deux extrémités pour le passage presque à pic de
la rivière. Mais personne ne s'était aventuré au
delà des montagnes.

Où donc allaient les mineurs et les pirogues
chargées de marchandises ?

Et les convois de matériel et de vivres conduits
par des hommes qui parlaient des langues inconnues ?

Le vent lui-même soufflait toujours dans le sens
de la pente de la vallée, emportant les brouillards
et les aras dans sa descente.

C'était comme un accord de toutes les choses
vivantes et inanimées : tout s'en allait vers le bas.

Cependant, un secret instinct avertissait les hommes qu'un monde de merveilles s'ouvrait très loin,
en amont, là où personne n'allait... Nul n'en avait
jamais parlé, mais tous en avaient eu, à une époque de leur vie, la mystérieuse révélation.

— Toi seul demeures en arrière, comme une
souche au bord du sentier.

Un Saramaca, très vieux, très ridé, est assis sous le carbet et monologue, prenant à témoin les choses absentes que désignent ses mains désemparées.

Il est si vieux qu'il aurait pu assister à la naissance du wacapou qui domine le camp, et du caïman monstrueux qui, chaque soir, vient troubler la boue du dégrad.

Sec de peau, le visage plissé et ratatiné, il se dresse sur ses longs et maigres os... et il parle... sans arrêt, comme un hocco emprisonné.

Il est aveugle, et il est centenaire.

Il est aveugle depuis plus de cinquante ans. Il s'imagine voir un peu mieux chaque jour.

— Si rien de fâcheux ne survient, je pourrai, dans quelques années, entrevoir le soleil.

Ses cheveux blancs, tressés par petits paquets, lui donnent un aspect de diable aux cornes multiples. Tout son corps est tatoué. La peau de son visage a l'apparence d'un cuir repoussé. Les cicatrices qui vont de la commissure des lèvres aux tempes, en spirales symétriques, élargissent et retroussent l'arc de la bouche en un rire perpétuel, effrayant et comique.

Il ne sait pas fumer, il renifle à tout propos l'affreux mélange de piment, de tabac et d'huile de coco qu'il garde dans un petit pot caché sous son kalimbé.

Il raconte ce qu'il voyait avant d'être aveugle. Il

ne parle pas des hommes de la tribu qu'il n'a jamais cessé de voir, grâce à ses mains, d'une extraordinaire sensibilité, mais du fleuve, des arbres, des îles, des oiseaux et du soleil dont l'image le hante.

— Je te guiderai dans la brousse.

Lorsqu'il m'accompagne, sa mémoire ne le trahit jamais :

— Ici, commence le tracé qui conduit aux trappes... Ici, c'est le sentier de la pêche... Voici, maintenant, le terrain marécageux où poussent les waras. En obliquant vers la droite, tu trouveras la trace que suivent les pakiras lorsqu'ils vont boire à la rivière.

Il rit; son rire tatoué fait une affreuse grimace.

— Ainsi, dit-il, j'y vois chaque jour un peu mieux... bientôt je verrai la lumière.

Il nomme au passage les bêtes que je ne vois pas et dont il perçoit les pas et le souffle derrière le feuillage.

Chaque jour, il revient auprès de moi; il m'apporte quelque nourriture, il m'interroge sur le placer, sur les pirogues.

— Bientôt, je t'accompagnerai sur le fleuve.

Depuis plus d'un demi-siècle, il a confiance dans l'avenir qui lui rendra la vue.

— Et toi, dit-il, comment sont tes yeux? est-ce que tu y vois clairement?

Il voudrait me fixer. Il palpe mes bras et ma tête,

et je vois maintenant ses yeux blancs, ouverts sous
mon regard.

— Je ne te vois pas encore, dit-il... ne pars pas,
attends-moi... je te conduirai sur la pirogue. Aucun
homme ne connaît la rivière comme moi.

Alors, le prenant à mon tour aux épaules, et
caressant ses bras décharnés :

— Ecoute-moi, dis-je, une lumière brille en
toi qui éclaire ta vie... Tu sais que bientôt la vue
te sera rendue... Mais moi, je suis aveugle... je ne
vois rien de la vie...

Le vieillard, comme frappé d'horreur, recule, ses
mains tremblent, sa voix chevrotante gémit :

— Ta vie est désespérée, dit-il, il n'y a plus
rien à attendre de toi.

Tout le soir, le vieux Saramaca reste accroupi
dans le carbet, le menton appuyé aux genoux,
comme frappé d'une grande douleur.

XXX

L'OREILLE aux aguets, nous entendons un bruit de pagaies.

Un canot glisse vers le dégrad. Des nègres Bonis descendent de la pirogue, puis vient un jeune Indien soutenant un mineur qui marche péniblement, tantôt se traînant avec difficulté sur ses jambes, tantôt sautillant comme un grand échassier blessé.

L'Indien, à peine adolescent, la peau luisante sur une musculature souple et puissante, parle avec un beau sourire et demande l'hospitalité pour la nuit.

Le mineur, en poussant le canot échoué sur un banc de sable, a mis le pied sur une raie. Il a été cruellement blessé au talon.

La raie a la couleur du sable; longue de deux mètres, large de plus d'un mètre, elle forme au fond de l'eau un tapis que l'œil de l'homme ne distingue pas. Lorsqu'un pied la heurte, elle se redresse; les aiguillons crochus qui garnissent sa queue frappent, déchirent la peau, et instillent un poison aussi dangereux que celui du serpent.

Les Saramacas saluent les visiteurs avec bienveillance et disparaissent un à un dans la nuit.

Un souffle inconnu m'a frôlé dans la hutte. Il me semble que je ne suis plus seul.

Maintenant, la Solitude est comme un lac, un soir d'orage.

— Que faire?... qui pouvait prévoir cela?

Un gémissement douloureux vient du carbet voisin.

J'écoute... je voudrais agir, et je ne sais quelle résolution prendre. Mon esprit, tendu tout entier comme une remorque de navire, vibre douloureusement et résiste.

Depuis l'arrivée de l'homme blessé, la paix et le calme ont quitté le camp des Saramacas.

J'étais comme une épave oubliée sur la berge; et maintenant le fleuve de la vie m'a repris et je vais, à la dérive, vers la destinée à laquelle je croyais échapper.

... L'homme était un mineur blanc. Me prenant pour un forçat évadé, il me questionna rudement. Nous le transportâmes dans mon carbet. Lorsqu'il fut installé sur le boucan et qu'il eut pris de la nourriture, il m'invita à m'en aller.

Sa jambe était démesurément enflée. Des cram-

pes insoutenables lui arrachaient des hurlements.
Une lymphangite commençait qui pouvait le para-
lyser pendant plusieurs semaines.

L'Indien le rassurait, cherchant à le persuader
que les remèdes créoles le guériraient.

Lorsque je revins, à l'aube, ayant dormi sur un
boucan improvisé dans la case du vieux Saramaca
aveugle, le mineur délirait.

Le jeune Peau-Rouge s'empressait et préparait
un bain d'herbes aromatiques.

Je lui dis mon nom et lui fis connaître que j'étais
moi-même mineur; il ne me crut pas et consentit
cependant à m'employer.

La fièvre tomba vers le soir. L'homme, le visage
brûlé par de longs séjours au soleil, la barbe en
broussaille, paraissait être un de ces aventuriers
sans race, un des hors-la-loi décharnés qui courent
le bois et dont personne ne connaît ni l'origine, ni
l'âge, ni le rôle dans la vie.

Je l'interrogeai en vain. Il était paralysé et souf-
frait chaque jour davantage.

Un soir, l'Indien m'apprit qu'il venait du placer
Enfin sur la haute Mana, et qu'il descendait à la
fourca du Lézard pour prendre aux premières
eaux la route du placer Elysée.

Je sus par lui que le mineur s'appelait Pierre
Deschamps.

XXXI

LA pluie tropicale ruisselle sur le toit en feuilles dans un vacarme continu. A travers les branches de la toiture ajourée, des gouttes tombent, une à une, comme des larmes.

— Les ombits, dit le vieux Saramaca aveugle, parcourent le fleuve la nuit et le rendent terrible. Ils forment comme un brouillard, et, lorsque la pirogue passe au travers, ils parlent. Parfois ils ont des formes humaines et des yeux de chat.

Cependant, le vieillard n'éprouve aucune crainte, car les ombits sont les esprits des hommes qu'il a connus et qui sont familiers.

Les hommes et les femmes de la tribu nous entourent. La présence du mineur malade et du jeune Indien leur est désagréable. Et je vois bien qu'à mon tour je dois préparer mon départ.

Les Saramacas ont de grands yeux lumineux et noyés, comme ceux des êtres qui vivent au contact de l'eau.

Une sorte de détresse m'envahit à me trouver sous le regard fixe de toutes ces prunelles. Ces hommes sont semblables à des fauves ou à des sourds.

Arrivé le premier, je dois partir le premier. Le carbet des étrangers appartient au mineur malade.

Ma place n'est plus ici. Mes visites répétées au vieillard aveugle sont sans raison; elles troublent l'harmonie du camp et les traditions.

J'objecte en vain que je n'ai pas de pirogue, que ma vie est sans but. J'offre la poudre d'or dont je n'ai que faire.

Les regards muets et indifférents qui ne quittent plus mes yeux m'intiment l'ordre de partir sans délai.

Mais je sais que je ne partirai pas.

Pourquoi?

Demande au vent et aux lucioles qui zigzaguent dans la nuit... Demande à la Solitude, qui, seule, connaît l'angoisse de mon âme.

Dans la nuit profonde, passent, à ras du sol, des bruits d'autrefois qui semblaient à jamais effacés de ma mémoire, dont le retour est mystérieux et lointain, comme s'ils venaient d'une existence antérieure : ce sont les chants des mineurs au placer Elysée, les aboiements des chiens, le souffle métallique de la drague au travail; très loin, dans le fond du marécage, les appels des coupeurs de bois. Ce sont, aussi, les senteurs des jasmins et des bois de rose. Voici, suspendu dans la clairière, le jardin de Marthe où les roses rouges de France ont fleuri.

Les souvenirs très doux qui semblaient perdus, et qui sont là présents et vivants dans la lumière d'une hallucination, enveloppent mon âme et me grisent, comme l'apparition au tournant du chemin de la maison familiale, après la longue absence.

Pourquoi?

Demande au Silence... demande à la Forêt, dont l'âme frémissante et parfumée connaît le secret du cœur de l'homme.

Demande au Fleuve... lui seul connaît les terres mystérieuses où l'homme n'est jamais allé... il est la route de la vie, l'artère qui contient le sang chaud de la jungle.

Des papillons bleus, aux ailes d'oiseaux, palpitent dans le crépuscule.

Derrière la cloison en bardeaux, Pierre Deschamps râle lamentablement.

— Interroge le Fleuve et les arbres éternels...

La brume floconneuse du soir monte en spirales de la rivière. Les feuilles de bananiers, larges et creuses, emmitouflées d'ouate blanche, ressemblent à des berceaux recouverts de dentelle.

Comme une lente marée de neige, la brume gagne peu à peu l'immense dépression de la vallée.

Assis au pied du boucan où gémit Pierre Deschamps, j'attends que le jour se lève, le jour qui portera la lumière aux arbres immobiles, au vieillard aveugle, au fleuve et au mineur blessé qui ne sait pas encore...

XXXII

TU me conduiras sur le fleuve, dis-je au vieux Saramaca aveugle. Tu me conduiras...

Les mains du vieillard tremblent; ses lèvres balbutient; il est ivre d'orgueil; il chancelle.

— Pour fuir le sortilège, pour sauver mon esprit en déroute, j'irai avec toi sur l'autre rive, à la fourca où croisent les convois... Puis, les chercheurs d'or m'amèneront à Mana... Peux-tu concevoir cela : la mer? Une grande pirogue roule et tangue sur un fleuve sans rives... On ne voit plus rien... Le brouillard qui s'étend derrière tes prunelles mortes, c'est la mer...

L'aveugle s'accroche à mes bras :

— Je te suivrai... Ne m'abandonne pas. Ici, les arbres et les hommes me cachent la lumière... Mais, là-bas, je verrai le jour.

— Au bout du fleuve béant, après le désert d'eau, après l'immense plaine mouvante et stérile, commence la terre qui m'attend... C'est un petit village perdu parmi les hommes, comme ce camp dans la brousse. Il dort sous des toits gris et roses. Rien n'a jamais troublé la lumière de ses yeux. Il est, comme toi, très vieux; et comme toi, chaque soir, il s'endort dans un rêve d'enfant. Des rosiers grimpants recouvrent les murs et les tours et les peupliers qui le protègent du vent... des rosiers roses et rouges semblables aux berceaux de lianes fleuries d'orchidées qui couvrent ta maison.

— ...

— Là, sur le pas de la porte, surveillant la route avenante, une femme m'attend, très pauvre, et priant à chaque heure pour son fils égaré. Et moi, j'arrive... Elle pleure de joie.

Tout le soir, nous préparons le départ en cachette. Le vieux Saramaca n'en finit pas de choisir les objets qu'il emporte. Sous le banc de la pirogue il enfouit de précieux trésors : des peignes, des piments et le pot qui contient l'affreux mélange de tabac et de poivre.

Un intime bonheur, une joie sourde, a pénétré mon cœur et court avec mon sang. Rien ne me retient plus... Je partirai... et ce sera tout. L'envoûtement du Peau-Rouge est fini.

La nuit venue, prenant par la main le Saramaca aveugle, je descends au fleuve. Nous passons sans frôler une branche, sans troubler aucune ombre. Le vieillard, accroupi à l'arrière, lance la pirogue à larges coups de pagaie et gouverne en suivant le courant. Je dois, à l'avant, signaler les arbres flottants et les embûches de la route. Mais, dans la nuit profonde, mes yeux imparfaits d'Européen sont sans effet.

Sur le fleuve hermétique, il n'y a plus rien que

des ténèbres et du silence et les odeurs angoissantes des santals de la rive.

— Plus vite...

Le vieillard, les mains crispées sur la large palette, précipite les coups, halète et gémit.

— Plus vite.:.

La pirogue semble être immobile sur l'eau noire, comme si quelque lien l'attachait au dégrad. Je cherche en vain quelque point de repère. Rien n'apparaît dans l'obscurité compacte.

— Plus vite...

L'aveugle, épuisé, peine de toutes ses forces et geint sans arrêt. La pirogue, redressée à l'avant par les coups répétés, embarque et nage dans un remous d'écume. Cependant, j'ai, à chaque instant plus sensible, l'impression qu'une force nous retient, et que la pirogue lutte sur place contre le courant. C'est une angoisse qui grandit, une frayeur encore confuse, dont je ne discerne pas la raison.

— Plus vite...

Une douleur aiguë, comme un pincement de tenailles, me meurtrit le cœur. Sous la déchirure que je sens en moi, mes yeux se sont emplis de larmes.

Un mot est venu à mes lèvres :

— Marthe...

Il est comme un fer rouge sur ma poitrine. Les ongles pénètrent dans les paumes des mains, la tête

bardée de pointes acérées, je tombe sur les genoux,
mon front touchant l'étrave.

— Marthe...

Et c'est fini... Le vent qui sèche la sueur dans
mes cheveux m'apporte la fraîcheur et le repos.

Pour revenir au dégrad, j'ai pris à l'arrière de la
pirogue la place du vieillard infirme. Chaque coup
de pagaie qui me rapproche du camp où dort
Pierre Deschamps enlève à ma poitrine un peu du
fardeau qui l'oppresse.

Comme nous abordons le débarcadère des Saramacas, un flot de lucioles débouche de la brousse,
tourbillonne sur nos têtes et tombe, comme une fin
de feu d'artifice, sur les bambous frissonnants.
Dans un instant, semblable à un brasier qui s'allume, le jour naît sur le fleuve. Et, lorsque, soutenant dans mes bras le vieillard qui chancelle, j'entre dans le carbet en désordre, j'entends les bruits
joyeux du matin, les piaillements des enfants et les
rires des ménagères.

XXXIII

SUR la plaine étincelante qui s'étendait à nos pieds, une sorte de lumière pâle apparut tout à coup. C'était une fumée mince, à peine phosphorescente, et qui rampait vers le camp.

Maintenant, le faisceau de lumière avait la hauteur d'un être humain; il en prenait les contours. Dans une ample draperie, éclairé à contre jour, un corps se dessina.

L'ombre marchait sur le tapis de brouillard et vint vers nous comme une apparition voilée, comme un homme drapé dans un burnous.

Le fantôme entra en grelottant dans la case. Sa présence avait rempli l'ombre d'une clarté d'aube.

A demi soulevé sur le boucan, rejetant la couverture, Pierre Deschamps regardait avec épouvante l'ombre blanche immobile.

— C'est un ombit, dit avec douceur le jeune Indien. N'aie pas peur... les ombits guérissent les malades... parle-lui.

— Je le connais, dis-je à mon tour, c'est un homme vivant... il vient du placer Elysée. Il connaît les hommes de la drague... il vivait au temps de l'ancienne Compagnie... il est revenu. Je lui ai souvent parlé. C'est un homme comme nous. Cependant, il n'a pas de corps.

Pierre Deschamps, les yeux fous, fixait l'ombre, et s'efforçait en vain de parler.

L'homme du placer secoua les voiles qui l'entouraient, comme un montagnard secoue, en rentrant chez lui, la neige qui couvre ses vêtements. Il apparut tel que je l'avais vu à Elysée, dans ses vêtements anciens. Il se taisait et paraissait humble, comme un mendiant dont l'arrivée inopinée, la nuit, a surpris une ferme.

Puis il parla. Les mots s'échappaient de ses lèvres et glissaient entre les minces lames des bardeaux; ils se dispersaient dans la jungle et sur le fleuve. C'étaient des mots qui n'avaient pas de sens pour nous et qui s'adressaient aux forces mystérieuses de la Forêt et de la Nuit.

Il allait et venait; il disparaissait dans les angles obscurs de la case; il se tenait timidement dans la pénombre. Cependant, il rayonnait une puissance magique; ses regards me heurtaient avec violence; il dégageait la même force que l'Indien.

Dans ses attitudes, et surtout par les irradiations qui venaient de lui, il semblait être un dédoublement de l'Indien. Peut-être n'était-ce qu'une hallucination...

Et pourtant, Pierre Deschamps le voyait aussi bien que moi-même et subissait en gémissant le poids de ses yeux.

Et moi, pour répondre à la voix qui parlait en

moi-même, et pour dissiper la crainte qui m'éloignait de lui, je cherchais des mots pour expliquer ma conduite.

— J'avais peur de toi et du forçat, et de Marcellin... j'avais peur de moi-même.

— ...

— Et les hommes? sont-ils devenus fous? Pourquoi les as-tu quittés?... pourquoi as-tu quitté Ma...

Le mot s'étrangla dans ma gorge.

Pierre Deschamps, les jambes pendantes jusqu'au sol, faisait un effort pour se tenir debout, et, frémissant, les bras tendus vers moi :

— De qui parles-tu?

— ...

— Rappelle-toi... dit le fantôme.

*
**

Le brouillard froid avait envahi le carbet et nous isolait les uns des autres.

— Je me rappelle... fit Pierre Deschamps.

L'adolescent l'avait contraint à s'allonger à nouveau sur le boucan. Il lui soutenait le front dans ses mains fraîches.

— Ne parle pas, disait-il.

— Marthe...

Les lèvres de Pierre tremblaient. Des larmes coulaient lentement dans les plis de son visage décharné.

— Marthe...

Il resta longtemps ainsi, frissonnant.

Et, comme si ce mot portait en lui-même une ivresse cachée, il chancela, en proie à une agitation violente.

Ses yeux prirent des lueurs ardentes; les convulsions de la fièvre secouaient son corps. Il se dressa, transfiguré.

— Je me souviens... dit-il, je me souviens...

Mais ce n'étaient plus les souvenirs de sa vie présente. La lumière qui brûlait en lui éclairait les images d'une vie antérieure.

Nous ne comprîmes pas d'abord le sens des paroles qui venaient à nous. C'était une vision de folie, l'hallucination d'un paludéen délirant dans un accès pernicieux.

— Je me souviens... Les hommes portaient des chausses et des pourpoints brodés, et de grands chapeaux à plumes. Notre chef s'appelait Jean de la Ravardière. Nous allions sur le fleuve à la recherche du Roi doré. El Dorado nous avait reçus sur la marche en or massif du dégrad. Il était nu; ses cheveux empennés ruisselaient de pierreries. Un cortège d'Indiennes, à la peau cuivrée, nous conduisit aux palais d'or. Ce furent des fêtes... et des fêtes encore. Une ville de féérie, aux rues pavées de blocs d'or... Nous avions découvert le royaume merveilleux... nous avions révélé la légende... El Dorado... El Dorado...

Un silence magique soupirait dans la jungle. Pierre Deschamps semblait dormir, la tête appuyée à l'épaule du jeune Indien.

L'histoire du passé restait suspendue, comme un vol d'aigle immobile, accroché à un rayon du crépuscule.

XXXIV

C'EST alors que vint la voix du Fleuve.

Elle vint, à peine perceptible aux oreilles humaines, comme un frémissement dans les branches.

— Je me souviens, disait la voix... Les pirogues plates, couvertes de pomakaris formés de lianes en arceaux et de feuilles de palmiers, montaient. Et rien n'arrêtait leur effort, ni les rapides, ni les arbres abattus sur l'eau, ni les fièvres, ni la nostalgie... Ils passaient, orgueilleux, souriant à mes menaces, ces premiers hommes. Des voix leur avaient révélé l'existence de la mine d'El Dorado et de la Ville où les murs et les chemins sont faits d'or massif. Ils allaient, sûrs de leur route, conduits par les ombits...

Dans un angle obscur, le fantôme recroquevillé sur lui-même, n'était plus qu'un homme vulgaire, usé par la fatigue.

Je sentis sur mes mains ses mains froides qui palpitaient. Il se cramponnait à moi et gémissait.

— Les hommes de l'ancienne Compagnie, disait-il, connaissaient la légende. C'est pour la conquérir que nous étions partis, comme les chevaliers normands d'autrefois. Sur les pirogues, nous avions dressé les pomakaris, les arceaux de lianes et les feuilles de palmiers; nous avions cru conquérir le royaume fabuleux... et nous sommes morts, ignorants et faibles.

— ...

— Et toi, pourquoi ne vas-tu pas à la conquête de la mine? El Dorado est toujours vivant... Sous le soleil, la ville d'or flamboie et t'attend...

Quel est donc cet homme et qu'elle est cette force?

La voix est celle de l'Indien... et ces mêmes paroles, je les ai entendues au placer.

Le fantôme qui est là devant moi, sans que je puisse affirmer sa présence réelle, exprime des pensées qui dormaient dans une conscience obscure au fond de mon âme.

Peut-être est-ce l'évocation d'une existence antérieure?

Mes sens, douloureusement tendus, cherchent à pénétrer le mystère; et je me sens plus faible et plus ignorant que l'ibis qui, pendant des heures, immobile au bord de la rivière, fixe le soleil.

Une puissance magique m'entoure... et ce n'est qu'une parcelle de la vérité qui pénètre en moi.

Mais, à quoi bon tant d'efforts?... c'est un abîme, et je ne suis rien.

Cependant, la voix du fantôme répète distinctement l'appel magnifique :

— El Dorado est toujours vivant...

D'heure en heure, la voix du Fleuve se fait plus nombreuse dans la nuit. C'est un bourdonnement répété et sourd, un long murmure qui va croissant, comme le bruit d'une cascade à l'approche de la pirogue.

Par la baie ouverte sur le firmament, on aperçoit la lune, pareille à une ombre argentée dans un écrin d'ébène. On dirait que chaque arbre est devenu pensif. Les étoiles et la Solitude écoutent. Mes sens sont à l'unisson du grand Silence.

D'une voix basse et passionnée, le Fleuve raconte la merveilleuse aventure... Un peu de vent s'élève; une force inconnue agite l'air.

Sous la pâle clarté lunaire, se balancent les hamacs des pagayeurs suspendus entre les colonnes des cèdres.

L'haleine de la forêt est calme, vivante et régulière, comme le sommeil d'une femme.

C'est un bercement qui endort... et c'est l'obsession des effluves parfumés qui viennent des bois odorants... et c'est encore et surtout le calme splendide...

Et cependant, quelle vie intense nous environne!

L'âme du Fleuve domine le monde. Sa voix pénètre la vie intérieure de la nuit. Le récit féerique est comme un cœur qui bat, pressé sur ma poitrine.

Je regarde autour de moi. L'air vibre.

Avec les voix sourdes du fleuve, des ombres entrent dans la case, comme si les personnages évoqués par le Fleuve accouraient pour rendre témoignage.

Maintenant le Fleuve raconte la fin de Jean de La Ravardière :

... C'est une femme au teint doré, dont les yeux brillent sous les paupières frémissantes. Elle aime l'Aventurier. Les compagnons du chevalier normand sont épris d'elle; ils se battent et s'entretuent. L'Indienne assiste à la tuerie avec indifférence.

Ses pieds nus, aux ongles peints, laissent des empreintes sanglantes sur les fourrures blanches au pied du lit d'El Dorado.

Ils ont en vain découvert la Mine et la Cité prodigieuse, les chevaliers venus sur les blanches caravelles. Ils ont en vain conquis le royaume fabuleux... ils meurent, l'un après l'autre, et très vite, parce qu'une femme aux yeux verts...

XXXV

ET cette nuit qui durait toujours...
— Interroge le fleuve, les bêtes et les arbres..., avait dit la voix.

Le jeune Indien rassembla quelques morceaux de bois sec. Une odeur de résine nous prit à la gorge, et une flamme s'éleva, fumeuse, qui n'éclairait que le premier plan des objets voisins. La lumière rouge faisait ressortir chaque chose en relief écarlate sur le fond noir. Des jets de flamme illuminaient les colonnes des arbres et jusqu'aux sinuosités lointaines et brillantes du fleuve.

Le feu montait, et tournoyait; il projetait, comme une roue de feu d'artifice, des formes étranges qui disparaissaient et auxquelles d'autres formes succédaient sans cesse.

Dans l'encadrement des larges ouvertures de la case, les lianes et les feuilles de wara, qui semblaient suspendues par miracle dans la nuit, se détachaient, lumineuses, sur le fond du ciel nocturne et faisaient un dessin rouge et transparent.

Bientôt, attirées par le feu, les bêtes de la

161

jungle arrivèrent, l'une après l'autre, timides, curieuses, les yeux éblouis par le brasier :

Un tamanoir au long poil effilé, un tatou, rond et lent comme une tortue rose, un mouton paresseux, vêtu de laine sale et qui s'agrippait aux montants du carbet, un tapir énorme et soufflant comme un bœuf, un pécari noir au groin de porc.

Puis, vinrent l'agouti et l'agouchi, cousins germains, semblables à des lapins et à des rats, le jaguar souple, dont la silhouette cachait toute l'ouverture de la porte et dont les babines moustachues et retroussées souriaient à la flamme. Et les singes en bandes innombrables : le coatta, plus grand qu'un homme, et l'ouistiti, semblable à un écureuil. Puis, le chat-tigre, élégant et discret, qui regardait avec malice. Puis, le cortège des serpents conduits par le monstrueux boa : le serpent corail, rose et doré, le serpent chasseur, gris et agile comme un chat, et toute la théorie des grages sournois, porteurs de poison. Puis le caïman, peureux, se tenant humblement à distance, les tortues monstrueuses, semblables à d'énormes pierres roulantes, le caméléon et l'iguane vert.

Enfin, vinrent les oiseaux qui ont appris à marcher sur le sol : le pélican, la perdrix grand-bois, les hérons gris, blancs et noirs, la grue, le camichi, dont les ailes sont armées d'un ergot, l'agami, gardien des poules, les aigrettes blanches empanachées, les ibis rouges et bleus, le hocco aux plumes frisées, la maraye qui a l'aspect d'une caille et l'urubu, vidangeur de la brousse.

Les animaux, en foule pressée autour du carbet, se tenaient immobiles, fascinés par le feu.

Ils se tenaient immobiles et parlaient entre eux confusément, comme des êtres sans raison, insensibles au mystère des hommes.

Peut-être le jaguar dédaigneux et les singes hurleurs, vêtus de fourrures rouges et mordorées, entendaient-ils les voix de la jungle et le battement précipité du cœur des hommes?

Mais, il ne fallait rien attendre d'eux. Ils avaient répondu à l'appel de la jungle comme des soldats ignorants et sans chefs. Ce n'était qu'un cortège de mercenaires.

Derrière eux, les arbres, quittant la nuit profonde, se rangeaient dans le rayonnement des lumières tracées à angle droit par les embrasures.

L'ombre était vide. Seules, les parties éclairées contenaient le peuple des bêtes et des plantes :

C'étaient le grignon à la chair tendre, le palétuvier aux muscles rouges, l'amaranthe au sang violet, le bois de rose, le santal, le gayac, le sassafras et l'encens, dont les blessures exhalent d'angois-

sants parfums; le balata, dont la peau saigne un
suc laiteux, le mancenillier, à l'ombre duquel aucun
homme ni aucune bête ne peut vivre, le fromager,
vêtu de coton épais, le manguier, porteur de fruits
délicieux, l'angélique et le courbaril taillés en her-
cules, et dont le bois est imputrescible. Et le wacapou, plus dur que l'acier, l'ébène verte, aux
fibres serrées, le wapa, rouge foncé, le bois de fer,
toute la famille des acajous roses et tendres. Les
bois précieux : l'amourette à la robe somptueuse,
les satinés rubanés, semblables à des soies ancien-
nes, le bois serpent, veiné de couleurs chatoyantes.

Ils étalaient leurs parures splendides, chamarrés
comme des chambellans un soir de fête. Le manteau des arbres précieux était tour à tour blanc de
lait, rouge sang, rose, noir de geai, jaune d'ambre,
bleu de cobalt, violet et vert tendre, et mauve, et
gris, et doré.

Athlètes aux fronts élancés jusqu'au ciel, ils res-
piraient la force. Dans les plis de leurs vêtements
aux couleurs éclatantes flottaient des parfums rares.

Leurs voix avaient des résonnances de violons
éperdus. Dans la nuit lyrique, elles vibraient harmonieusement. Elles dominaient le récit monotone
du Fleuve, les frémissements de la Solitude et les
pauvres voix discordantes des hommes.

— A la fin de la saison sèche, disaient les arbres, lorsque pâlissent les feuilles sur la colline, le

Vent qui vient des sources du fleuve jette sur nous la poussière dorée du royaume d'El Dorado. Le Vent voit chaque jour la Ville aux toits d'or et les palais du pays fabuleux. Il apporte dans son manteau la poussière jaune que les hommes recueillent au fond des vallées et qui dore nos frondaisons à certaines heures. Le Vent, qui, chaque jour, passe sur les murailles d'or, et le Fleuve qui, chaque jour, frôle les maisons construites en métal précieux, le Vent et le Fleuve, seuls, connaissent le mystère.

Lorsque l'aube soudaine souleva les tentures de l'horizon, le Fleuve termina le récit.

Mais chacune des images de la merveilleuse légende avait déjà pénétré, ainsi qu'un vin nouveau, le réseau palpitant de nos artères.

Grisés par la science nouvelle, nous étions comme des néophytes agenouillés et professant la foi.

Désormais, rien ne nous était inconnu des mystères du lac fabuleux.

La voix mourante du Fleuve, dominée par la sourde clameur de la terre au réveil, disait encore :

— C'est ainsi que les chevaliers normands, conduits par Jean de la Ravardière, découvrirent la ville dorée. Ils sont couchés maintenant dans des cercueils d'or massif.

Se glissant au ras du sol, sous l'immense rideau noir de la nuit, l'aube apparaissait, radieuse, étincelante de soleil rose.

Elle vint, accompagnée du cliquetis d'armes et des fanfares de cuivre que soulève le passage du vent dans les roseaux. On n'entendait plus la voix grave des piliers de cathédrales soutenant le toit de la jungle.

A pas silencieux, glissant entre les arbustes, les bêtes disparaissaient une à une.

Quand le soleil entra, d'un bond dans la case, Pierre Deschamps dormait, la tête enfouie dans la couverture. Le jeune Indien, à genoux sur le sol, les bras étendus en croix sur le corps du mineur, dormait à son tour, profondément.

XXXVI

JE me rappelle son petit visage de jeune fille, et ses cheveux blonds noués très bas sur la nuque. Elle me souriait. Une vie intense débordait de son sourire...

Pierre Deschamps parle, appuyé à mon bras. Il est très pâle, et parfois il s'arrête au bord du sentier, sur un arbre mort, pour reposer sa jambe malade. Il est si faible qu'un souffle du vent le renverserait. La fièvre a creusé profondément ses joues. Ses yeux sont comme une eau brillante au fond d'une caverne.

Décharné, prêt à défaillir, il garde au fond des orbites une lumière où se concentre toute sa vie. Un feu intérieur brûle en lui, il parle avec animation.

— Le jour du mariage, le cortège passait entre des haies de lilas blancs. Sa main menue tressaillait dans la mienne... La maison où nous avons vécu était tapissée de vigne vierge... Nous étions comme des oiseaux dans une cage fleurie. Un jour, je résolus de partir; une force me poussait. Je ne pouvais plus rester à la même place. Je l'aimais, et cependant je devais la quitter.

Le sentier est une pente raide et glissante. Ce pays est une série de bosses dont l'une commence quand à peine l'autre est finie. Les sommets ne sont pas longs, la descente suit de près la montée.

— Il faut rentrer; la nuit est proche...

Pierre, essoufflé, ne veut rien entendre. Encore une colline... il semble qu'au delà de chaque sommet, un horizon nouveau va apparaître. Et, cependant, nous savons l'un et l'autre que le moutonnement des croupes boisées continue, monotone, jusqu'à l'infini.

Nous passons sous un palmier maho dont les fleurs qui jonchent le sol ont l'odeur de champignons pourris. Puis, c'est un enchevêtrement de lianes qui pendent des arbres et semblent nous barrer la route. Les lianes tombent jusqu'au ras du sol comme de longues et flexibles stalactites, les unes droites, les autres torses, toutes assez grosses et assez solides pour qu'on puisse y grimper comme à des cordes.

Lorsque le vent souffle, les fines barres suspendues s'entrechoquent et font un bruit d'épées croisées.

Dans une éclaircie, apparaissent en plein soleil, des sables aurifères que les mineurs ont lavés pour en retirer l'or.

J'avais prévu que la nuit nous surprendrait. Pierre Deschamps, à bout de forces, s'appuie si lourdement à mon épaule que j'ai parfois l'impression de le porter.

Et ce long récit qui n'en finit pas...

— Je pris ses deux mains et, la regardant passionnément, je lui dis : « Marthe, je pars... je ne peux plus rester ici. »

— ...

— Et maintenant, elle est au placer. Comment est-elle venue? Elle vous a dit son nom... Est-il possible que ce soit elle? Que ferai-je?... Je dois partir... La Mine est à la source même du fleuve... Aucune femme ne ferait une pareille route.

Il se lamentait et implorait un secours de moi.

Quand nous arrivâmes au carbet, il n'était plus qu'une loque. Il s'effondra sur le boucan et se tint rigide comme un homme évanoui. Cependant, ses yeux brillaient. La flamme qui le consumait irradiait une lumière étrange.

Avec le premier vol des chauves-souris, vint la fièvre. Des convulsions le secouaient comme une barque sur la mer. Les pommettes rouges, il délirait douloureusement.

Quand il eut préparé le repas du soir, le jeune Indien accrocha son hamac aux montants du carbet.

On n'entendit plus, dans le silence de la nuit, que la voix désordonnée du mineur en délire.

C'étaient des ordres brusques d'un homme habitué au commandement, activant la manœuvre des canots au passage d'un rapide. C'était la vision d'une terre fabuleuse où ruisselait l'or. Et, c'était une prière, des mots d'amour et des supplications que nous ne pouvions comprendre.

— Il m'a pris à Désirade, racontait l'adolescent à voix basse. Il était venu seul, à pied, du placer Enfin. Il a loué le canot des Bonis... Il a payé d'avance cinquante jours de canotage.

Pierre Deschamps respirait lourdement. Il était inerte; ses oreilles bourdonnaient. Pour ne pas troubler le sommeil qui venait, la voix du Peau-Rouge se fit plus basse encore.

— Il va au placer Elysée... Nous descendrons la Mana. Au dépôt Lézard, nous attendrons les eaux. Si la sécheresse continue, nous achèverons la route à pied. Il va chercher des outils, du mercure et quelques hommes blancs. Il veut entreprendre un grand voyage.

Il y eut un long silence. Au dehors, le village, accablé par la nuit, était, sous les étoiles, comme un navire à l'ancre, seul dans une rade immense.

XXXVII

JE vais, je viens, je suis libre. Peux-tu concevoir cela : Etre libre?

— ...

— N'avoir aucun maître, agir comme il te plaît. Je veux partir : le sentier est là, ouvert; qui m'empêcherait de le suivre?... je ne dépends de personne, ni de rien.

Tel est le langage d'un homme robuste, échappé à la maladie. Pierre Deschamps respire à pleine force. Ses muscles ont repris l'élasticité des ressorts d'acier. Il parle sans reprendre haleine, comme un homme sûr de lui. Sa voix est claire. Sa poitrine bombée et velue est ouverte au soleil.

— Ainsi, dit-il, nous partirons... nous avons assez vécu sur ce camp hostile. Les Saramacas connaissent des piayes secrets. Nous ne pourrions plus vivre parmi eux sans danger.

Ses yeux gris me regardent affectueusement. Ils portent une lumière délicate qui est comme un reflet de soleil sur l'eau tranquille.

— N'obéir qu'à soi-même... aller où souffle la fantaisie... qui pourrait s'opposer à mon désir?

— Ainsi, nous reviendrons au placer. Et Marthe...?

Il me regarde longuement. Et, comme si soudain une lumière venait d'apparaître au fond de lui :

— Une force obscure et brutale me pousse, dit-il. C'est la destinée... Crois-tu maintenant à El Dorado? La science ne peut pas expliquer cela. D'où viendrait tout cet or éparpillé sur le sol de la Guyane?

Son visage est grave. Il parle d'une voix profonde et chaude, comme un apôtre cherchant à communiquer sa foi.

— Cela n'est pas sorti de mon cerveau. Toutes les générations ont cru à la légende de la Mine fabuleuse. Tu n'étais pas né, et déjà des milliers d'hommes avaient rêvé la conquête de la ville aux murs d'or massif. C'est ainsi... Aucune paillette d'or n'avait encore été découverte en Guyane, et pendant trois siècles, les expéditions se sont succédées à la recherche du trésor...

Le vieux Saramaca, aveugle, s'est glissé comme une ombre noire à nos pieds. Ses mains tremblantes palpent la table, et le banc, et nos mains tièdes.

— Il y avait dans mon enfance une Vierge que nous invoquions sous le vocable de « Notre-Dame-des-Désespérés »... Regarde cet homme qui attend la lumière depuis plus d'un demi-siècle...

Pierre Deschamps, les bras croisés sur la poitrine, n'entend ni l'humble parole du vieillard aux yeux révulsés, ni l'évocation ardente de la basilique d'Issoudun où, sur la plaine, règne la Vierge, suprême espérance.

— La route est sans retour, dit-il. Nous verrons la Ville et nous mourrons sans doute comme les chevaliers d'autrefois...

— ...

— Je ne sais d'où vient cette force qui m'attire... Crois-tu à l'immortalité de l'âme? Pourquoi les âmes de ceux qui nous ont précédés ne survivraient-elles pas?

Comme chaque soir, la haute brume sortant de la Forêt vient sous le vent floconneux et recouvre le fleuve.

L'éventail du soleil couchant s'ouvre d'un jet, comme un feu de projecteur sur le fleuve ouaté.

Sur l'écran lumineux, des images rapides apparaissent en relief qui ne dureront qu'une minute.

La nuit est là, énorme, pressée, chassant devant elles les nuages dorés qui courent à ras du sol.

Le soleil défaillant a dessiné pour nous la ville magique. Mais la vision rapide s'est gravée dans nos prunelles et ne s'effacera plus jamais.

Dans la gloire du crépuscule, les nuages incendiés ont formé pour nous des remparts d'or massif, une citadelle et des tours, et des marches immenses descendant vers le lac, comme de gigantesques lingots d'or étagés.

173

Nous avons vu la Mine éventrée et l'or ruisselant.

Nos yeux éblouis gardent avec ferveur, dans le
silence opaque, la vision qui désormais guidera
notre vie.

— Et moi, dit le vieux Saramaca aveugle, je
vous conduirai sur le fleuve.

XXXVIII

MA vie est un long rêve éveillé. Je vais, les yeux éblouis, sur la route ardente, comme un convalescent qui marche en chancelant dans un jardin ensoleillé.

Ma vie est semblable à une barque désemparée sur le fleuve. Je ne sais rien des forces mystérieuses qui me conduisent.

Cependant, chaque jour, l'image de l'Indien apparaît devant moi.

Je sais que, partout présent et invisible, le Peau-Rouge thaumaturge conduit et domine toute chose. Je sais que j'obéis à sa volonté, et que les voix de la Solitude, des arbres et du Fleuve et la voix même du fantôme viennent de lui.

Il est là, près de moi... Je lui parle... Et, comme si mon âme était désormais absorbée par la sienne, c'est lui qui parle par mes lèvres.

.   .   .   .

— C'est ainsi que l'Indien se dédouble... C'est par lui que la folie est venue aux hommes sur le camp...

Pierre Deschamps a suivi mon récit avec attention. Craignant de n'être pas cru par lui, j'ai raconté les événements mystérieux du placer avec mesure.

— Je ne suis, dis-je, qu'un scribe égaré dans
la brousse... Je jure que tout cela est vrai, peut-
être me suis-je trompé...

Il lève lentement les yeux vers moi :

— L'Indien ne t'a jamais parlé d'El Dorado
et du lac magique?

— Jamais...

— Ecoute... J'étais un homme aveugle et sans
âme, peinant sans raison. Un jour, j'ai rencontré
cet homme sur le fleuve... Il est maintenant dans
ma vie comme un phare sur la côte...

— ...

— Tous les mineurs le connaissent. Il appartient à une tribu du haut Maroni. C'est le meilleur
pagayeur du bassin; il connaît toutes les criques
et tous les tracés; la Compagnie l'emploie depuis
vingt ans. Les Pères à Mana disent qu'il est pos-
sédé du diable.

— ...

— Il m'a parlé... C'est par lui que j'ai connu
le secret. Il m'a donné la Révélation qui a germé
en moi. Longtemps, j'ai gardé dans mon âme
la semence magique...

Pierre semble transfiguré. Ses yeux ont un éclat
inconnu; il respire péniblement...

— L'Indien est au placer, dit-il. Pourquoi ne
me l'avais-tu pas dit? Il m'attend... Il sait que
je dois revenir... Je savais bien que je répondais

à son appel. C'est par lui que je découvrirai le
lac Parimé...

— ...

— Écoute... Je lui appartiens...

Les paroles de Pierre Deschamps éclairaient
mon esprit et me révélaient la lumière éblouissante
qui brillait en moi comme une scène ruisselante
de feux lorsque se lève le rideau du théâtre.

La vérité éclatait... Tout venait de l'Indien...
Le délire des hommes du camp, la folie de Marcellin, les hallucinations collectives, mon propre
égarement et le rêve insensé de Pierre, tout trouvait sa source dans les incantations de l'Indien.

IL n'était plus possible de vivre sur le camp. Les Saramacas hostiles passaient en silence devant nous.

Avec les pluies diluviennes commençait la saison des hautes eaux. Le fleuve charriait d'énormes troncs d'arbres et des amas de détritus provenant des crues dans les criques sèches.

Il faut croire que Pierre Deschamps pouvait vivre sans dormir ou qu'il vivait en rêve, car les propos qu'il tenait le jour étaient en tout semblables à ceux que j'entendais la nuit.

Dans le rêve, c'est une deuxième personnalité qui apparaît. Les images du sommeil sont saugrenues et déconcertent parce qu'elles dépassent le cadre de la conscience à l'état de veille.

Il n'en était pas ainsi de Pierre Deschamps qui poursuivait en rêve exactement la même vie que dans le jour. Il n'y avait pas de solution de continuité dans le mouvement de ses pensées, de sorte que l'une des deux personnalités semblait disparue.

— Je suis, disait-il, un homme différent. N'estu pas tourmenté par le besoin de changer ta vie monotone, de te transformer et d'être, non pas dans les fugitives créations du sommeil, mais dans la réalité du temps et de l'espace tangibles, un être tout-puissant dont les yeux sont ouverts sur la vie intérieure et qui possède la force qui refoule les fleuves, qui déplace les collines et qui permet de voir les esprits?

— Je croyais, dis-je, avoir trouvé ici, dans la vie végétative, l'oubli qui était le seul bien auquel j'aspirais. Mon âme apaisée n'avait plus d'autre désir que de vivre parmi des hommes simples et des plantes immobiles... je sais maintenant que la paix qui m'environnait n'était qu'un mensonge bienfaisant.

Et tandis que Pierre Deschamps prépare le convoi qui nous ramènera au placer Elysée, je vais, pour la dernière fois, demander au vieillard aveugle un peu de lumière et de force.

Serrant sur mes genoux ses mains ridées et froides, j'écoute sans l'entendre sa prière monotone.

Une voix qui vient d'un monde inconnu murmure à mes oreilles :

— Lève-toi... pars... l'heure est venue. Ne demande pas d'où descend la flamme qui brûle en toi... tu n'étais qu'un mercenaire. Qui t'a affranchi? Qu'importe... est-ce le désir?... L'image de Marthe court dans tes veines comme un feu

secret. Est-ce le rayonnement de l'Indien et la
révélation d'une foi nouvelle? Lève-toi... la route
est assez longue pour user tous les jours de ta
vie.

. . . .

— Ainsi, tu pars, dit le vieux Saramaca...
Et tu ne connais rien de la jungle. Tu voyageras
sur des cours d'eau et d'étroites pistes qui sont
comme des fils invisibles dans un immense marécage... Tu tiens moins de place qu'une fourmi
égarée; tu ne vois rien au-delà du grain de sable
qui te barre l'horizon... Tu pars?... où vas-tu?

— ...

— Moi seul connais les sentiers et les criques.
Sur le fleuve où je t'ai conduit l'autre nuit, je
voyais librement. Encore un peu et j'aurai, comme
autrefois, mes yeux grands ouverts sur le jour.

Sa peau noire et mate prend aux pommettes
des teintes grises d'acier et semble ridée davantage. Il balance douloureusement la tête, comme
un oiseau blessé.

— Ne pars pas, dit-il, moi seul peux te conduire... où vas-tu?

— J'irai, dis-je, sur les hauts-plateaux d'où
viennent les aigles géants. Il y a, au-delà du
dernier saut, un lac encaissé entre des parois cris-
tallines. Le quartz blanc et vitreux contient des
colonnes d'or fondu. Comme un marbre précieux

décoré de larges zébrures, le plateau qui domine
le lac Parimé est rayé de veines d'or pur.

Le vieux Saramaca tremble; ses yeux sans
regard, fixés sur moi, ont pris soudain une étrange
lumière.

— Le lac...

. . . .

Ses bras battent l'air. Il est tombé comme un
cèdre atteint par la foudre.

Je le soutiens; son souffle n'est plus qu'un frisson d'ailes; ses lèvres blêmes ont un sourire extatique. Je l'ai porté sur le boucan de lianes tressées.

Des lumières vacillantes s'allument çà et là
dans la case comme des feux-follets. Le silence
est noir et bleu comme une eau profonde, et les
oiseaux de nuit ont un vol palpitant, élastique
et velouté.

Puis, des lueurs de lune viennent en glissant à
travers les arbustes de la brousse; elles plaquent
de feuilles d'argent les objets et les bois de la
case. Des ombres fantastiques et des arabesques
phosphorescentes dessinent dans l'air la silhouette
d'une ville de féerie. La construction aérienne faite
d'écharpes de brume et de rayons de lune se
transforme à chaque instant, répétant sous des
contours toujours nouveaux l'architecture des
dômes étincelants, des campaniles et des palais
magiques.

XL

NOUS remontons le fleuve et ses rapides jusqu'au confluent de la crique Lézard qui est la route du placer Elysée. Chaque membre de l'expédition tient une pagaie et rame avec énergie.

Au premier saut, tout le monde descend, et l'on hale à la cordelle le canot chargé, de roc en roc, d'arbre en arbre, jusqu'au bassin supérieur où les eaux sont calmes. Parfois, les hommes ont de l'eau jusqu'aux épaules. Parfois, il faut laisser les caisses de vivres sur la berge et traîner l'embarcation à vide sur des rondins dans un chemin de halage improvisé.

Le long du fleuve, le sol est plat, humide et boueux. C'est comme un prolongement de la rivière. Ce n'est pas la même forêt que sur les collines; le climat semble plus chaud et plus humide encore. Le soleil se réfléchit sur des flaques d'eau stagnante, mal protégées par la brousse.

Voici bientôt la crique Lézard, étroite, qui tantôt s'arrondit en bassin, tantôt roule entre des rives escarpées. Il y a tant de méandres, qu'à certaines heures, nous avons l'impression de côtoyer une île et de revenir sans cesse à notre point de départ.

Au-dessus de nos têtes, les palétuviers forment
une charmille; les branches et les lianes s'entre-
lacent. Çà et là, un flamboyant met de larges
fleurs rouges sur la voûte. On avance comme
sous un berceau de pivoines.

Puis, c'est la brousse basse des palmiers nains
et des fougères échevelées.

La pluie bienfaisante qui gonfle la crique s'abat
en trombes diluviennes. Des effluves rapides de
parfums violents, provenant de fleurs invisibles,
nous fouettent le visage.

Les Saramacas, la peau nue ruisselante, sont
couchés sur le prélart; le canot flotte à la dérive.

C'est une mélopée, lente, monotone et langoureuse, qui rythme le mouvement des pagaies. Les
hommes chantent les événements du jour: la pluie,
le caïman qui bâille au passage, la rencontre inat-
tendue d'un troupeau de pakiras traversant le
fleuve à la nage...

Nous avons abordé pour la nuit au dégrad du
placer Délices.

Il y avait ici un chantier. La case est abandonnée. Les sluices courent encore, parallèles à la
crique. Les pierres rejetées par le sluice sont des
galets de quartz granulé avec des parties d'or

libre. Le quartz, soyeux et cristallin, est strié de veines bleues et roses. Il contient une importante proportion d'or.

Le placer est riche; la découverte est récente. Pourquoi le chantier a-t-il été abandonné?... Le mineur nomade ne suit que son caprice.

Cependant, quelque chose nous avertit que le départ des hommes n'a pas été volontaire. Les mineurs ont laissé sur place un outillage précieux.

Comme je m'engage dans le sentier qui conduit au campement à mi-côte, Pierre Deschamps me rappelle.

— Nous partons à l'instant, crie-t-il.

— Il y a encore de l'or amalgamé sur les dalles du sluice.

Ma réponse le retient en haleine; il s'avance brusquement... puis, s'arrête. La force qui l'attire au placer Elysée, et qui nous a conduits jusqu'ici par étapes forcées, le ramène un instant à l'embarcadère.

Mais bientôt, la passion de l'or l'emporte. Il est là, près de moi, agenouillé sur le sol, fouillant des mains la terre sèche sous laquelle le mercure forme une pâte fluide, d'un blanc visqueux.

Cinq hommes sous la direction de Pierre Deschamps chargent les trois dalles du sluice. Deux ouvriers débourbent et entretiennent l'écoulement de l'eau dans une canalisation.

Les Saramacas, hostiles au travail de la terre, nous observent avec hauteur, vont et viennent, importants et ennuyés.

De temps à autre, Pierre Deschamps vérifie les plaques d'arrêt qui retiennent le mercure.

Peu à peu, le courant d'eau se ralentit. Il n'y a plus devant les plaques que du sable fin et de l'or amalgamé. Un homme brosse l'intérieur de la dalle et pousse le contenu dans un seau en bois à demi plein d'eau.

Sur une batée recouverte d'un linge, Pierre Deschamps verse avec précaution le sable et les boules blanches qui retiennent l'or. Il tord le linge; le mercure filtre; l'or amalgamé apparaît en culot, avec des grains de sable et quelques grenats.

La production est chauffée sur un poêle pour la débarrasser du mercure qui s'échappe en fumée. Il ne reste plus dans la main de Pierre Deschamps qu'une boule d'or semblable à un fruit jaune, rugueux et granulé.

Nous nous acheminons vers le camp sur la hauteur.

Le sentier est affreux; sur la crique les ponts faits de troncs d'arbres flottent et tournent sur

185

eux-mêmes; il faut passer à califourchon ou dans l'eau jusqu'au ventre.

Les enchevêtrements de lianes forment, çà et là, d'énormes amas rappelant les vieux châteaux couverts de lierre.

Sur les murailles de feuillage vert, pendent des grappes de fleurs violettes; parfois, les fleurs recouvrent tout le rideau et montent jusqu'au dôme.

Les vieux châteaux couverts de lierre ont revêtu un manteau violet, et c'est une fête...

Pierre Deschamps a brisé au maillet le fruit d'or qui se répand en poussière et en pépites. D'une boîte en métal, il sort un sac en peau de chamois dont il verse le contenu sur ses genoux.

— L'or vierge...

Comme un avare qui manie un trésor, il palpe la précieuse poussière. Ses doigts ouverts rampent et pénètrent dans le sable jaune.

— Aucun homme avant moi n'avait touché cet or... il dormait sous la terre... il m'appartient... nul ne l'avait vu avant moi... regarde comme il est pur.

Son visage tressaille. La passion qui l'anime est faite d'orgueil et d'avarice. C'est une joie contenue qui fait rire ses yeux.

***

Il n'y a plus sur ce camp de mineurs que des vestiges du séjour des hommes. L'abandon du matériel et de tout ce qui présente un poids supérieur à la charge d'un homme, indique que l'évacuation s'est faite par terre. Les pirogues qui montaient ravitailler le chantier ont été surprises par la saison sèche. La crique Lézard asséchée avant l'époque normale ne leur a pas permis d'atteindre le dégrad.

La famine est venue. Ayant épuisé les vivres, les hommes sont partis un à un; ils sont morts quelque part dans la Solitude.

Le front barré, Pierre Deschamps ouvre tour à tour les coffres et les meubles.

— L'or?... dit-il, qu'ont-ils fait de la production?

Les Saramacas nous appellent à grands éclats de voix.

Sous un carbet, un squelette dépouillé par les fourmis est allongé sur le sol, la face contre terre, les bras pliés sous le thorax.

A travers les ossements couleur d'ivoire, on aperçoit sur le sol un amas de poudre d'or qui brille.

Les fourmis ont dévoré la toile qui enveloppait

le trésor. L'homme est mort en tenant dans ses mains la poudre merveilleuse; il est mort de faim, soutenu dans son supplice jusqu'à l'heure suprême par la divine caresse du métal magique.

Les mineurs sont partis un à un; lui seul est resté, trouvant en la possession de l'or la volupté suprême.

XLI

QUELQUES jours encore... Bientôt les lumières du placer apparaîtront sur la colline. Déjà, le visage de la brousse nous reconnaît et nous sourit... Déjà, les tournants familiers de la rivière, les roches où si souvent nous avons halé les canots, les haies de lianes fleuries, épaisses comme des murailles de lierre, et le peuple bienveillant des singes, des caïmans et des tortues nous saluent au passage.

C'est l'heure tendre. Les colibris zèbrent de traits verts et rouges la brume du soir.

La brume, qui garde encore la lumière du jour, a des reflets d'opale.

A une brasse de la pirogue, émerge une futaille grise et verdâtre. Nous avons cru, d'abord, voir la carapace d'une tortue géante. C'est un boa qui gît, partie dans la rivière, partie sur la pente inclinée de la berge. Gêné par l'énorme dilatation qui gonfle le milieu de son corps, il ne peut ni plonger pour se soustraire à notre approche, ni nager avec assez de rapidité, ni ramper à terre pour fuir nos coups.

Deux éclairs de winchester : la tête éclate; les hommes dépouillent le monstre dont la peau étalée, large de près de deux mètres, donne un cuir élastique et résistant.

Dans le corps, nous trouvons un porc sauvage entier, intact, mais dont les os et la chair ont été brisés, broyés et ramollis par les efforts de la déglutition.

A peine la pirogue a-t-elle repris le courant qu'une bande de flamants et d'urubus s'abat sur la dépouille du reptile en poussant de bruyantes clameurs.

La brume a couvert le dégrad où nous carbetons. Nous marchons à tâtons dans une buée opaque où les arbres et les hommes prennent des formes fantasques.

L'humidité pénètre les vêtements et les hamacs; il y a sur nos mains moites et sur nos cheveux comme une rosée. L'humidité bienfaisante donne aux choses et aux âmes une fraîcheur de printemps. Le brouillard tiède engourdit et grise comme un bain prolongé.

Il fait très doux, très calme. La nuit est venue qui fait trembler les lucioles enveloppées d'une auréole, comme les lumières d'une ville, la nuit, dans le brouillard.

Ce soir, sous le carbet ouvert à tous les vents,

l'ombre noire et feutrée est peuplée de fantômes chuchotants.

C'est la dernière nuit. Demain, nous reverrons le camp et les hommes et l'Indien et la maison de Marthe sous les cocotiers froufroutants.

Une main invisible balance mon hamac, et j'attends, bercé dans la tiédeur de l'air saturé de parfums, le rêve des nuits chaudes.

Comme elles sont émouvantes les voix des ombres!...

Les yeux clos, grisé de lourd sommeil, je vois, auprès de moi, la silhouette aérienne de l'homme du placer. En étendant le bras, je pourrais toucher son vêtement.

— Tu viens seul... Mais les autres... ceux qui, comme toi, sont morts et survivent... où sont-ils?

. . . .

Les autres?

Ah! la grande épopée...

Depuis Vincent Pinçon, depuis plus de quatre siècles, des milliers d'hommes ont lutté, corps à corps, avec la jungle éternelle, et ils sont morts... La passion de l'or était le seul mobile de leurs exploits.

La divine passion...

Le métal précieux dormait dans le sable des rivières et ruisselait au flanc des montagnes. Tous le voyaient en rêve dans la forêt impénétrable et magique.

Mais Pizarre a vu, de ses yeux d'homme vivant, El Dorado, le prince doré. Le roi resplendissant habitait un palais dont les murs étaient formés de blocs d'or superposés. Chaque matin, des serviteurs fixaient sur sa peau, au moyen d'une résine odorante, la poudre d'or qui le faisait ressembler à une statue de métal.

Puis les Douze Seigneurs, sous la conduite de Roiville et de Marivault.

Puis Walter Raleigh, puis Keymis...

Deux siècles ont passé depuis la découverte de Pizarre; le chevalier d'Orvilliers, gouverneur de Cayenne, forme au début du dix-huitième siècle une expédition pour la recherche du trésor. Il part sur la trace établie par les héros à panaches : La Ravardière et Jean Moquet, Lefebvre de la Barre et Martinac, Parizot et Cauchy.

Combien sont-ils, ceux qui connurent le secret de la jungle? Aucun n'est jamais revenu. D'autres sont restés figés sur la route. Ceux qui se sont arrêtés pour regarder en arrière ont été transformés en statues vivantes et demeurent éternellement debout au bord du fleuve.

Témoin Jacques Blaisonneaux. C'était un vieux soldat de Louis XIV, blessé à la bataille de Malplaquet; il avait longtemps monté la garde à Cambrai à la porte du palais de Fénelon. Catinat, Villars et le Grand Roi lui avaient parlé. Vingt ans après Malplaquet, il avait suivi une mission de jésuites à Cayenne.

En remontant l'Oyapok, Malouet le trouva aveugle et nu, seul, et discourant parmi les bêtes au bord du fleuve. Il avait cent douze ans. Depuis vingt-cinq ans, il n'avait bu de vin ni mangé de pain, ni porté les vêtements d'un chrétien. Les Mémoires de Malouet rapportent, dans des pages qui frémissent encore, le récit du vieux soldat qui avait eu la vision féerique...

Témoin Mathurin Bruneau qui se disait fils de Louis XVI. Déporté à la Guyane pour cette imposture, il avait pris à son tour la route merveilleuse. Frédéric Bouyer, capitaine de frégate, le rencontra dans la deuxième moitié du dernier siècle sur la rivière Comté, seul, au dégrad. Il était centenaire. Il attendait, immobile, éternel, la fin du rêve.

. . . .

— Ceux qui sont morts, dis-je, n'ont pas quitté la jungle. Peu d'hommes quittent cette terre une fois qu'ils l'ont connue. Ils laissent leurs cheveux blanchir aux lieux mêmes où ils se sont arrêtés sur la route fabuleuse. Qui pourrait croire qu'ils reviennent au pays natal plus tard, lorsque, comme toi, ils ne sont plus que des ombres errantes?

Le fantôme m'observe de côté, à la façon d'un épervier. D'étranges lueurs brillent dans ses yeux... Je le questionne encore et je sais que cela ne sert à rien. Aucune voix ne répond à la mienne.

— Que sont devenus les aventuriers, les fous de gloire et d'orgueil, les hommes hallucinés par l'or?... Et les désespérés?... Ceux à qui le mystère a été révélé et qui sont morts, dans leur rêve, sans avoir eu la divine vision, les grands proscrits : Barbé-Marbois, Pichegru, Collot, Victor Hugues, Lafont-Ladébat, Barthélémy? Tronçon-Ducoudray? Ils ont souffert et la plupart d'entre eux sont morts ici.

Toutes les générations du peuple guyanais ont vu passer des conquérants. La trace sur le fleuve des grands explorateurs de ce temps n'est pas encore effacée : Crevaux, Coudreau et Lavaud, et la légion des créoles, héroïque envolée, ininterrompue depuis cinquante ans, d'aigles présomptueux.

XLII

A l'aube, les branches d'un palétuvier incliné sur la rivière étalent un immense parasol très bas sur nos têtes. L'air est si calme que les mouches dorées semblent suspendues comme des points d'or, çà et là autour de nous.

Une béatitude de bêtes repues nous vient du sommeil encore mal dissipé. Il y a, aux extrémités des branches, des liserons mauves et roses qui pendent sur la rivière comme une voilette au front d'une femme.

Soudain, les feuilles mortes sur le sol s'entr'ouvrent, et deux yeux apparaissent au ras de terre, deux grands yeux ouverts d'une intensité d'expression presque humaine, qui montent comme soulevés du sol, et qui nous regardent et nous fixent.

Ces yeux exorbités, aux paupières lourdes, appartiennent à un être d'épouvante, à une boule énorme, à une outre de peau flasque, couverte d'écailles vertes et violacées, qui se gonfle lentement.

Quand il est dressé sur ses pattes invisibles, le crapaud-bœuf oscille lourdement.

Les yeux qui fixent mon regard sont doux et

limpides, comme des yeux de femme, ils rayonnent la lumière, l'intelligence et la vie.

La crainte tient encore immobile le monstre visqueux, prêt à bondir.

A travers le feuillage ajouré, on aperçoit une ronde de colibris tournoyant sur le fleuve.

— Voici, dit Pierre, le tracé de chasse qui conduit au dégrad Péhi. Lorsque, pour la première fois, je suis venu au placer Elysée, Delorme m'attendait à ce carrefour. Nous avions, comme ce matin, laissé la pirogue à l'embouchure de la crique Verte qui marque le point terminus de la navigation, attendant les hautes eaux. Delorme venait vers moi les mains tendues...

— ...

— Un jour, j'ai quitté le placer. Quelque chose de plus puissant que tout m'entraînait. C'était la fascination de l'Indien. Avec les Saramacas qui allaient à Enfin, je suis parti... C'était la route du pays fabuleux... En me revoyant, que va dire Delorme?

Sur le sentier, visible seulement pour des yeux exercés à la brousse, nous allons lentement. Derrière nous, suivent les Saramacas porteurs de pagaras. Dans moins d'une heure, nous serons à Elysée.

Pierre Deschamps, une fois encore, m'interroge sur les hommes du camp. Que sont-ils devenus? Colbert, le mulâtre élégant, sanglé dans son costume blanc comme un officier d'infanterie coloniale... Loubet, le chef mécanicien aux larges épaules, Ganne, le comptable décharné dont la peau était tendue sur les os comme une voile le long d'un cordage... Mais ses questions restent sans réponse, car je sais bien qu'il les fait pour se dissimuler à lui-même l'image qui l'obsède.

Je sais bien que Marthe habite son âme et qu'il n'y a pas de place en lui pour d'autres pensées.

Soudain, me prenant par le bras et continuant à marcher à mon côté sans me regarder :

— Ce n'est sans doute qu'une coïncidence, dit-il... Marthe arrive à Elysée... Dans le même temps, une force irrésistible me fait quitter Enfin... Je pars... c'est vers elle que je vais... vers elle... comprends-tu cela?... Marthe est au placer, et moi, dans quelques instants, je serai là.

Je sens sous mon bras son coude qui tremble. Ses yeux se sont tournés vers moi, mais, pour ne pas les voir, j'observe sur le sol la trace fraîche d'un tapir.

Les Saramacas donnent la chasse au tapir qui

fuit devant nous. Nous débouchons dans la vallée de l'Elysée.

Le tapir a le cou et les oreilles d'un âne, le corps et les jambes courtes du porc, des pieds de rhinocéros. La tête, petite, avec des yeux très étroits, se termine par une trompe. Il a la grosseur, la force et la stupidité du bœuf.

Il s'élance dans le marécage; l'eau éclaboussée accompagne sa fuite éperdue. Appuyé des pattes de devant à la coque, il tente en vain l'escalade de la drague. Les griffes grincent sur le métal; il tombe, s'efforce à nouveau d'atteindre le refuge, plonge comme un noyé désespéré, et revient au point où il a quitté la berge.

Les chasseurs l'attendent et l'abattent à bout portant.

Le placer est une étendue désertique, éblouissante et miroitante comme un lac sous le soleil. C'est une immense cuvette où la lumière bout.

Dans le silence torride, sous le feu jaillissant du ciel comme d'une fournaise ouverte, nous avançons à la file indienne. Les Saramacas traînent sur le sol la dépouille du tapir qui laisse une trace sanglante sur les quartz blancs.

Les maisons de la colline apparaissent, une à une, encadrées de dentelle verte. Les champs de manioc et de canne à sucre qui entouraient le village créole sont envahis par des lianes rampantes.

Tout près de nous, la jungle menaçante grimace à notre approche. Elle a repris ses droits; son avant-garde occupe déjà le terrain abandonné par l'ennemi en déroute.

Le silence flambe comme une moisson incendiée sur le terre-plein. Devant la case de Marthe, un vertige m'arrête. Mes lèvres murmurent :

— C'est ici...

Mais Pierre gravit déjà l'escalier de la case commune.

Le jardin de Marthe est un verger inhabité; des plantes folles couvrent jusqu'aux plus hautes branches; les allées ont des tapis d'herbes grasses.

Nos pas résonnent dans la grande case qui est vide. Il y a sur la table des fleurs flétries qui sont comme une lumière éteinte.

Nous restons là jusqu'au soir, épuisés par l'étape trop longue, attendant dans une douloureuse lassitude, le retour des mineurs.

Glissant entre les cocotiers, ombres noires à l'approche de la nuit, les hommes, un à un, apparaissent sur le terre-plein et se dirigent vers la case.

Où étaient-ils, d'où viennent-ils?

Ils s'assoient en silence auprès de nous. Leurs yeux brillent; ils ont, sur leur visage desséché, l'expression d'hommes résolus qui ont beaucoup souffert, qui ont longtemps médité, et qui sont prêts à l'action. Ils nous regardent avec méfiance, comme si notre arrivée troublait la réalisation de quelque projet imminent.

— Et Ganne, où est-il?

Delorme penche plus avant sur sa poitrine son front incliné, il hoche légèrement la tête et se tait.

— Et Devey?

— ...

— Et Lefèvre? et Flogny, et Breuillard?

Le silence accablant nous oppresse.

— Ils sont morts, comme Ganne, dit une voix tout près de moi.

L'Indien, assis à l'écart dans l'encadrement de la baie ouverte sur le marécage, semble couvert d'un manteau irradiant comme si toute la lumière du soir se concentrait sur lui.

Lui seul parle. Sa voix est un bourdonnement sourd, comme le bruit d'une foule au loin. Aucun de nous ne suit le récit qu'il semble faire à voix haute pour lui-même et qui est plein d'images de querelles, de révoltes, d'exaspérations et de tueries.

Une même pensée nous obsède.

— Et Marthe? dit enfin Pierre Deschamps debout devant Delorme.

L'ingénieur étend le bras vers les cases dissé-
minées dans la verdure, par delà la lumière argentée, très basse et très lourde, qui frissonne encore
sur la terrasse.

— Elle est là... dit-il.

XLIII

PIERRE...
Marthe, adossée au lit, les mains tremblantes, très pâle, le visage moite de surprise, de joie et de peur, s'élance.

Comme un coup de fouet qui cingle à la hauteur des seins, qui frappe les cuisses à les broyer, un éblouissement l'abat sur le sol.

De ses bras défaillants, elle écarte le visage penché sur elle, dont le contact est une brûlure.

— Je ne t'attendais pas... je ne suis qu'une femme.

Pierre la berce et la caresse. Des larmes emplissent ses yeux.

La Solitude, vivante et nerveuse comme une maison seule dans la plaine un soir d'orage, vibre harmonieusement, et nous parle.

Ce sont des voix chaudes et tendres qui viennent de la forêt voisine.

— Demain..., dit l'Indien, demain, la route s'ouvrira sur le fleuve au soleil; demain, vous partirez... le feu qui brûle en vous éclairera la route.

Les bras tordus, souffrant cruellement, l'Indien supplie le Silence et le Vent.

Tout près de moi, blotti, les dents secouées par la fièvre :

— Ne m'abandonne pas, dit-il.

Mais la voix de la jungle se fait plus grande encore et domine le monde. Dans la nuit chaude, elle vient comme un chant de sirènes :

— Il est là..., disent les arbres. Les hommes du placer étaient comme un parti de singes rouges après la mort du chef; ils erraient à l'aventure, silencieux, çà et là. Et maintenant...

Un peu de vent se lève, et voici que le jardin s'anime. Les hortensias desséchés et flétris se dressent, les lotus blancs endormis sur l'eau mate étendent à nouveau leurs larges feuilles vertes et les roses frémissent.

Le village abandonné, accroché en terrasses à la colline, vide, seul et délabré comme un bourg après un tremblement de terre, frissonne et s'éveille à la vie. Des voix courent; des ombres apparaissent sur le pas des portes; des voix de femmes, des chants, des rires d'enfants...

D'où vient cette vie? Les hauts panaches des cocotiers s'éploient au vent comme des chevelures dorées; des tourbillons d'oiseaux éclatants passent très haut sur la jungle. La brume du marécage gagne lentement les profondeurs de la forêt, entraî-

nant avec elle la brousse qui recule comme une
armée en retraite.

*
* *

Cependant, ils se taisent. Pourquoi parleraient-
ils? L'histoire est écrite dans l'air embrasé; elle
se déroule sur l'écran tendu par le soleil entre les
lames des bardeaux. Les ombres invisibles la
racontent à voix basse.

Marthe, le cœur oppressé d'angoisse, supporte
avec peine le regard de Pierre.

Elle détourne la tête. Les yeux noyés de rêve
de l'homme lui font mal. Ils sont fixés sur un
horizon invisible et, lorsqu'ils se tournent vers elle,
lointains, il lui semble qu'une lame acérée pénètre
dans sa chair.

Elle est fascinée par ce regard dont rien ne la
peut plus détacher, ni les voix de la nuit, ni la
joie mystérieuse qui monte en elle, ni la douloureuse prière qui l'enveloppe.

Des yeux de Pierre se dégage une force qu'elle
n'avait jamais soupçonnée. Ils l'attirent, la retiennent comme un aimant. Elle a l'impression de
n'être qu'un jouet cédant au caprice d'une main
toute-puissante.

Cela est tout différent de la domination brutale du maître, de l'attrait de l'homme; c'est une

204

force qui réside toute dans le regard de Pierre et qu'elle ne s'explique pas. Elle voudrait s'agenouiller, pleurer et dire des mots d'abandon.

Comment est-il possible de rester ainsi silencieux après une si longue absence? Et ce drame qu'elle a vécu... il faut bien qu'elle le raconte...

Mais ce regard de saint et de fou, ces yeux qui fouillent en elle et qui la tiennent, fragile, domptée, impuissante comme une barque à la dérive...

— Pierre...

Et tout à coup, cédant au trouble de ses sens de femme, elle s'abat à ses pieds.

— Ce n'est pas vrai, dit-elle, ils ont menti.

— J'irai, dit l'Indien. Je lui dirai que le cœur des arbres même a battu d'amour pour elle, que les aigles ont frôlé le toit de sa maison, et que les hommes se sont entretués pour son sourire... Ceux qui restent la convoitent encore, mais aucun d'eux n'oserait la toucher par peur des autres et par peur de lui-même.

— ...

— L'âme exaspérée des hommes et des choses est comme un arc tendu à se rompre; chacune des fibres de leur esprit et de leur corps frémit et délire. Et moi-même, de quels prodiges ne suis-je point capable désormais? Si les hommes du camp ont abandonné la drague et les sluices, c'est parce que cette tâche était indigne d'eux, parce qu'ils ont, eux aussi, entendu l'appel, parce qu'ils sont prêts pour la grande route.

— ...

— J'irai... Je lui parlerai...

TROISIÈME PARTIE

XLIV

LA voix grave de Pierre Deschamps, qui parlait à Delorme, s'arrêta soudain. La phrase commencée resta suspendue dans l'air immobile.

Les hommes venaient de percevoir ensemble la présence attendue.

Ils voyaient, sur le sentier, noir de nuit, la robe de Marthe et son visage, et l'auréole de ses cheveux. Cependant, ce n'était qu'un mirage... la plupart d'entre eux tournaient le dos à la porte. La lumineuse vision était produite par un sens inconnu qui se révélait dans tout leur être.

Tous voyaient Marthe distinctement, comme si sa marche était éclairée par un phare.

Elle gravissait lentement la côte; elle déboucha sur le terre-plein. Et, quand elle entra, encore enveloppée par la nuit, ils eurent tous un frissonnement aux épaules, comme s'ils sentaient une main, tout près d'eux, qui allait les toucher.

Quand elle eut rangé sur la table les orchidées violettes et blanches qu'elle portait, Marthe s'approcha de l'Indien immobile dans une encoignure, et se tint auprès de lui, diaphane, semblable à une ombre oscillant sur le sol.

Il y avait sur sa poitrine une rose rouge dont

les pétales se détachaient un à un, lentement, et tombaient comme des caillots de sang.

Les hommes, hagards, suivaient des yeux chacun des mouvements de l'apparition.

Etait-ce Marthe vivante ou seulement son ombre familière? Comment auraient-ils pu croire à la réalité de l'image perçue, puisque cette image avait été sensible pour eux au-delà des limites du regard?

Et cependant, elle était là, souriante, splendide dans le rayonnement de ses cheveux blonds, appuyée au mur de cèdre...

On entendit une voix qui était peut-être celle de l'Indien, peut-être celle de Pierre. Les hommes écoutèrent en hochant la tête. Dans l'ombre, aucun d'eux ne pouvait savoir qui parlait.

C'était sans doute la voix qui était en eux-mêmes et qui résonnait dans leur cœur.

Tous les yeux étaient fixés sur la rose mourante qui semblait onduler sur la gorge haletante de Marthe.

Mais d'où venait la voix? Personne n'aurait pu le dire.

Les paroles que tous entendaient, bien qu'aucune vibration n'agitât l'air, les paroles intérieures bourdonnaient à leurs oreilles, comme un balbutiement entendu dans un rêve.

Puis, la rose rouge étant toute effeuillée, les

seins de Marthe cessèrent de battre, son visage s'effaça peu à peu dans la pénombre et dans la nuit.

Sur le sol, de grands papillons rouges étalés semblaient dormir, qui n'étaient que les feuilles écarlates tombées de la poitrine de Marthe.

On eût dit que tout le sang du beau corps de la jeune femme s'en était allé par la blessure ouverte de la rose rouge, et que l'anéantissement de tout son être s'en était suivi.

— Qu'est-ce qui te guide dans la vie? Rien. Aujourd'hui, tu n'es pas le même homme qu'hier. Ta personnalité se transforme avec les mouvements du jour. Et le rêve? Comment l'expliques-tu?... C'est une autre vie qui commence... Tu n'étais qu'un mineur et te voilà gouverneur de l'île, marchand, marin, que sais-je? Tu n'as pourtant pas changé d'âme... Que de mystère...

Les hommes, réunis autour de la table, délibéraient. Ils étaient comme des juges chargés de résoudre le problème d'une conscience. Ils discutaient parfois avec âpreté, parfois à voix basse, cherchant anxieusement une solution qu'ils ne pouvaient trouver.

— Partir... voilà le but. Mais pourquoi? Une force t'entraîne... on ne sait où.

— ...

— Tu ne peux même pas savoir quel est le mobile de tes actions... Tu penses... un autre agit pour toi.

La nuit formait autour des hommes une brume opaque et tremblante.

Comme chaque soir, de voluptueux parfums rampaient dans l'air humide, frôlant les visages, ainsi qu'une lente caresse de femme.

Après la dure journée de travail, les hommes avaient accoutumé de méditer ainsi lorsque, dans l'accablement qui précède le sommeil, la fatigue du corps a libéré l'esprit. Rien n'existait sur ce placer de ce qui distrait les hommes d'Europe. Ils rêvaient, debout, et éveillés; ils scrutaient sans relâche leur âme qui, dans le silence torride des soirs de la jungle, vit avec intensité.

Parfois, un chant s'élevait; tous se taisaient, les yeux fermés, écoutant la voix qui pleurait passionnément. Ils reprenaient en chœur le refrain, suivant l'usage des matelots à bord des voiliers par temps calme.

Mais, ce soir, la visite silencieuse de Marthe, la solitude et l'ennui, la peur d'eux-mêmes et de la jungle, le trouble mystérieux de leur âme les tenait frissonnants. Ils attendaient la révélation.

Ne comparez pas les mineurs dans la brousse aux autres hommes. Ils ont subi l'enchantement; le mystère de la Solitude les pénètre. Non... ils ne ressemblent même pas aux marins accroupis autour d'un mât sous les tropiques. Il y a ici une puissance d'émotion intime que rien ne peut exprimer.

*
* *

La nuit équatoriale était un gouffre de ténèbres blafardes d'où montait une atmosphère étouffante de serre chaude.

Le vent faisait sur les cimes un bruit d'orage lointain; le chant des lézards ressemblait au tic-tac d'un moulin; on entendait très loin, au-delà du marais, les plaintes rauques des singes en amour. Les crapauds-buffles imitaient le bruit des rames frappant l'eau en cadence; des cigales crissaient. Quelques lucioles déchiraient l'air de zébrures de feu violet et vert.

C'était la nuit, lente... lourde...

Parfois, un troupeau passait, signalé par un crépitement d'averse : ruée silencieuse de porcs sauvages ou de fourmis rouges, laissant derrière elle une prenante odeur de pourriture.

Un sommeil étrange planait dans la case, accablant comme l'ombre empoisonnée du mance-

213

nillier, palpitant et mou comme le vol d'un vampire.

Cependant, l'Indien debout, adossé à la cloison, les yeux chargés d'horreur, entrait en transes. Il était enveloppé de vapeurs phosphorescentes et haletait comme un lutteur au combat. Des traînées de matière lumineuse sortaient de l'extrémité de ses doigts; il agitait les mains, et semblait ainsi manier les rubans de feux qui l'entouraient. Bientôt, il fut couvert d'un manteau de lave incandescente. Sa haute stature disparaissait sous le vêtement de boue éblouissante. Il était, dans l'encadrement de la nuit d'encre, comme une statue incendiée.

Puis, peu à peu, la matière embrasée s'étira en longs filaments qui remplirent la case de rayons élastiques, enchevêtrés et rigides. La lumière surnaturelle qui se dégageait du prodige s'éteignit lentement.

Les ombres noires qui voletaient encore, éperdues comme des ailes de vampires éblouies par le feu, s'apaisèrent, et, une à une, se dispersèrent.

Il n'y eut plus rien que du silence et de la nuit dans la case frémissante. Les hommes, tout à l'heure assemblés, avaient disparu. Avaient-ils suivi l'image de Marthe dans l'Au-delà mystérieux?

Il ne restait que des ténèbres dans la maison
des mineurs.

Le forçat qui entrait, apportant les lampes
comme chaque soir, ne trouva que des chaises et
des bancs vides, et les orchidées violettes et blanches sur la table.

ES bruits de pas sur la terrasse troublèrent la pénombre.

Un à un, les hommes entraient : Delorme d'abord, puis Pierre et Marthe, puis les hommes du camp, puis l'Indien. Ils entraient, l'un après l'autre, lentement, comme des hommes harassés par une longue course.

Le forçat Renard allait et venait dans la case commune, les bras ballants ; il marmottait entre ses dents, faisant un effort douloureux pour vaincre la crainte qui l'empêchait de parler.

— Je ne resterai plus seul ici, dit-il, en s'avançant résolument vers Delorme... Je ne veux plus rester seul.

Il se tenait debout, tremblant, son visage rendu livide par l'émotion.

— Tu es faible, dit Marthe avec bonté, comment suivras-tu le convoi lorsque nous aurons abandonné les pirogues ? Tu ne pourrais pas porter une charge...

— Il vaut mieux, insista Delorme... il vaut mieux que tu restes ici. Tu garderas le camp ; peut-être reviendrons-nous...

Mais déjà le forçat, à genoux, les mains agrippées à la table, la tête profondément inclinée, sanglotait.

— Je ne peux plus rester seul... je ne peux plus.

Les hommes se regardaient avec embarras; ils étaient troublés jusqu'au fond d'eux-mêmes par cette détresse qui s'exhalait en une lamentation contenue, douloureuse, étouffée et angoissante, comme les gémissements d'un malade.

Le forçat, d'une voix humble et contenue, s'efforçait de persuader l'ingénieur. S'adressant tour à tour à Delorme, à Pierre et à Marthe, il racontait une histoire incompréhensible que les hommes écoutaient avec stupeur. Ils crurent qu'il était devenu fou et qu'il délirait, en proie à quelque hallucination.

Il parlait du séjour qu'il venait de faire seul dans la case abandonnée :

— Lorsque je suis entré, apportant les lampes, comme chaque soir, je n'ai trouvé personne. Pendant plusieurs jours, j'ai vécu seul, n'ayant d'autre compagnie que les bêtes. Où étiez-vous allés? et pourquoi m'avez-vous ainsi abandonné?

— Rêves-tu? Quelle est cette histoire?... dit Delorme, ému par l'accent de sincérité de l'homme.

Mais le forçat prenait à témoin le journal du camp sur lequel aucune écriture n'avait été cou-

chée pendant une semaine, les fleurs décomposées
dans les vases indiens, et la lune dont le dernier
croissant, intact au départ des hommes, n'était
plus, dans le ciel, qu'un mince trait concave.

Il disait les visites des ombres la nuit et les
longues heures passées dans l'attente sur le camp
désert, et les premières pluies venues en tempête
les jours précédents. Le canal de dérivation du
lac avait débordé; la drague, tirant sur sa chaîne,
piquait de l'avant; un grignon s'était abattu sur le
chemin du village; un créole était mort la nuit
précédente au dégrad des mineurs... on entendait
encore les tambourins et le bruit des flûtes qui
accompagnaient les pleureurs.

Tout cela leur paraissait invraisemblable.
Avaient-ils dormi? Il n'y avait cependant aucune
interruption dans leurs souvenirs. Une fraction du
temps s'était tout à coup effondrée, sans laisser
aucune trace dans leurs mémoires.

Ils se dévisageaient, stupéfaits et découragés...
Le forçat n'avait pas menti; huit jours s'étaient
écoulés dont ils ne pouvaient retrouver l'emploi.

XLVI

LES phénomènes habituels qui accompagnaient l'apparition du fantôme ne les surprirent pas. L'air troublé avait une odeur acide et pénétrante. La fumée bleue qui se formait au milieu d'eux était lumineuse; et, avant même qu'ils aient pu en discerner distinctement les contours, l'ombre blanche était devant eux.

Cependant l'apparition, ce soir, semblait les tenir en extase. Ils regardaient le fantôme, les yeux dilatés, les mains tremblantes.

Delorme parla le premier.

— Tu n'étais pas avec nous, dit-il... bientôt, nous partirons à nouveau... Maintenant, nous connaissons la route sur le fleuve. Devons-nous penser que tu resteras ici?

Le fantôme, les yeux fixés vers la baie ouverte sur la nuit, semblait absorbé par le croissant de lune qui gravissait lentement l'horizon.

Un malaise inconnu brouillait ses yeux; il paraissait souffrir et ne pouvait exprimer les raisons de sa peine.

Comme il se levait, frôlant au passage Marthe qui le regardait anxieusement, la maison se remplit de brume.

Des images flottaient dans la buée blanche, comme des voilures de barques dans une rafale de neige. Les images blanches roulaient et tanguaient et se renouvelaient sans cesse.

Peu à peu, la vision se précisa.

Devant leurs yeux, s'ouvrait la perspective éperdue du lac Parimé.

Ils se souvenaient : chacune des étapes du beau voyage était présente à leur esprit. Dominant tous les mouvements de la jungle et du fleuve, l'apparition lointaine de la ville dorée emplissait leur pensée.

Ils parlaient... ils parlaient...

Marthe, appuyée à l'épaule de Pierre, disait :

— Il y avait au bord du lac des ibis rouges géants et des nénuphars blancs étalés comme des draps dans la prairie... Comment traverserons-nous le lac? Qui construira les pirogues? La route jusqu'au lac nous est maintenant aussi familière que les chemins du camp... mais il reste encore cette étape à faire sur l'eau inconnue... Demande aux esprits de venir avec nous... ils nous aideront...

Accroupi sur le seuil de la case, le forçat pleurait et se tordait les bras. Gagné par la folie collective à laquelle il avait échappé naguère, il voyait et ne comprenait pas. Il avait cependant conscience d'être à son tour dans un état nouveau, et il se sentait ignorant et inutile, semblable à un homme parmi les esprits.

— J'irai, disait-il, j'irai avec vous... ne m'abandonnez pas.

Assis auprès de lui, le fantôme l'examinait tristement. Le forçat tendit les mains vers lui. Ils restèrent ainsi longtemps, serrés l'un contre l'autre, écoutant la voix des hommes qui se souvenaient et parlaient une langue inconnue.

Ah! comme ils se souvenaient!... Chacun des détails du prodigieux voyage qu'ils venaient de faire était présent à leur esprit.

Sur la plaine couverte d'arbustes et de broussailles, ils avaient marché comme des somnambules.

Leur corps était plus léger qu'un brouillard; ils avaient franchi les obstacles sans effort; un instinct nouveau les guidait. Chaque faculté de leur âme avait atteint le degré de la perfection.

Les souvenirs de la longue route étaient si profondément gravés en eux que les autres images du monde extérieur apparaissaient à peine.

Ils ne s'étonnaient pas d'avoir marché sur l'eau

et flotté dans l'air à la hauteur des feuillages comme des personnages de rêve.

Des pois sucrés accrochaient des grappes de lilas blanc aux parois verdoyantes du fleuve. Les perroquets rouges les avaient frôlés au passage.

Ils avaient remonté la Mana, tantôt à l'allure onduleuse des lentes pirogues, tantôt comme des aigles chassés par la tempête.

Ils avaient ainsi atteint la limite de la haute jungle. Ils s'étaient trouvés devant la muraille de quartz et de diorite qui marque la limite du bassin supérieur du fleuve.

Au pied des contreforts du plateau, la Mana, à sa source, étendait ses racines dans le marais comme les tentacules d'une pieuvre.

Lorsque, d'un élan de trois cents pieds, ils eurent escaladé le haut plateau, le panorama ouvert devant eux dépassait en splendeur les plus féeriques visions.

A l'arrière, la route qu'ils venaient de parcourir était un océan de verdure. C'était la jungle vue d'un avion, la prodigieuse plaine coupée de failles profondes, comme une mer glauque labourée de sillons. C'était la jungle où les fleuves font des routes blanches, la prairie sans fin, monotone jusqu'à l'infini, des frondaisons vertes.

Et, devant eux, l'horizon était un embrasement de feux blonds, une immense coulée de lave aux reflets fauves et dorés, une moisson de blés mûrs, une plaine où, dans un jaillissement de soleil reflété, brillaient les lueurs clignotantes des gemmes amoncelées : diamants et saphirs, rubis et topazes, opales et onyx, jades et lapis, perles roulant en cascades, ambres et grenats, tous les trésors étalés des mines fabuleuses.

Le lac Parimé était là, béant, éperdu. Une lumière tendre ruisselait sur ce monde de merveilles, comme une eau de source dans une coupe de cristal enchâssée de pierreries.

Et, tout au fond, le scintillement de la Ville... C'étaient des points d'or brillant dans une aurore... des tours et des clochers, des remparts et des murs amoncelés, une dentelle d'architecture ciselée à jour, très loin, sur un fond transparent de porphyre.

Ils étaient restés longtemps, debout, les bras tendus vers le mirage. La lueur délicate et rosée du matin les enveloppait de vêtements phosphorescents et givrés.

Ils étaient restés là, comme des pèlerins éthérés, les yeux éblouis, le cœur battant avec violence, et poussant des cris qui résonnaient encore en eux comme un long rire frémissant.

OU étiez-vous allés? répétait le forçat. J'ai vécu ainsi plusieurs jours, seul, abandonné de tous. Les ouvriers ont quitté les chantiers. Ils se sont dispersés sur les placers voisins. Le marécage est comme une ville en ruines.

La voix d'un esclave pèse moins aux oreilles des hommes que le bourdonnement d'une abeille égarée. Qui songerait à répondre au bagnard?

Se glissant près de moi, l'homme murmura, comme s'il cherchait à dissimuler aux autres sa pensée :

— Je me livrerai... le bagne est moins dur que cette vie. Donnez-moi une place dans la pirogue... Je peux encore pagayer; vous me laisserez sur le fleuve; je descendrai avec les convois qui vont à Saint-Laurent.

Delorme, sur le pas de la porte, prêt à sortir, se retourna :

— Tu ne peux plus vivre dans la forêt, dit-il; la fièvre te tuera; tu es pourri de paludisme. Veux-tu devenir fou? N'as-tu pas compris que tu étais malade et que tu as déliré pendant plus d'une semaine.

L'homme bondit comme un chat sous le fouet.

— Non, cria-t-il, je sais que je n'ai plus longtemps à vivre, mais je suis sûr de ne pas avoir eu d'accès lorsque vous avez tous quitté le camp. Ce n'est pas vrai... il n'y avait personne ici. Vous partirez encore; mais moi, je ne veux pas rester seul. Quelqu'un a ensorcelé ce camp...

Comme l'ingénieur levait le bras, prêt à frapper, Marthe s'élança.

Le forçat, les yeux enflammés, le visage livide, se tenait immobile. Le geste de Marthe semblait l'avoir transfiguré. Sa poitrine dressée, sa tête rejetée en arrière, rayonnaient d'orgueil.

Regardant la jeune femme en face, il répéta lentement, en hésitant un peu parce que sa gorge oppressée respirait douloureusement :

— Quelqu'un ici a ensorcelé le camp.

Delorme, haussant les épaules, disparut dans l'encadrement de la porte.

Marthe et le forçat restèrent seuls, face à face, dans la gerbe évasée de lumière qui venait du seuil.

Soudain, comme une voile gonflée qui tombe avec le vent et fait craquer d'aise le navire soulagé, le visage du forçat, dont les muscles raidis sous l'effort étaient comme des cordages tirés au treuil, se détendit et se couvrit de lumière. Une expression de joie intense rayonna des yeux apaisés, de la bouche entr'ouverte et du front qui s'inclinait lentement.

225

15

Marthe souriait au forçat.

Touchée jusqu'au plus secret émoi de son âme, la jeune femme avait compris la détresse du désespéré.

Elle souriait, les paupières baissées, donnant au misérable qui pleurait maintenant devant elle, la divine caresse.

L'aveu du forçat, entendu dans le silence, nouait entre eux la chaîne que la mort ou la possession seules peuvent briser.

XLVIII

DES jours, des jours encore au cours desquels les préparatifs du départ remplissent toute la vie du camp.

La maison est assourdie de bruits nouveaux; des caisses armées d'une double enveloppe de zinc sont entassées sur la terrasse, parmi les cantines aux cloisons étanches, remises à neuf, les pelles, les couis, les battées, les fusils, les hamacs roulés...

La pluie ruisselle dans ce grondement de tonnerre ininterrompu.

La saison d'hiver est venue en rafale; les criques débordent; les Saramacas halent les pirogues, réparent les armatures desséchées par l'été.

Dans le brouhaha des marteaux résonnants, des cris et des pas pressés, la joie circule d'un groupe à l'autre, avenante et tumultueuse, comme l'âme d'une foule un jour de fête.

Les takaris, fraîchement écorcés, sont alignés le long des bordages. Sur les pirogues vides, où les hommes prendront place, des tentes de feuillage sont dressées.

Les mineurs du camp et les placériens regardent avec surprise.

L'abandon de la drague, la fermeture des

chantiers, le départ des chefs pour la mystérieuse exploration sont des sujets d'interminables palabres. Depuis tant d'années, le placer avait connu la fièvre du travail ininterrompu...

Les ouvriers de la drague, les coupeurs de bois, les magasiniers et les manœuvres n'ont pas abandonné la mine. Ils ont repris les sluices et les longs-toms des premiers prospecteurs, au flanc des collines.

Lorsque Delorme et Pierre Deschamps apparaissent, une clameur s'élève. Les hommes se pressent autour d'eux, cherchant à surprendre dans leurs yeux le secret de l'expédition.

Il y a, dans l'âme de tous les hommes de la brousse, un obscur instinct de conquête qui explique la folie ambulatoire des chercheurs d'or.

Dans leur vie erratique, les vagabonds de la jungle guettent chaque jour, à chaque heure, au tournant de la crique, sous la roche éboulée, au fond de la tranchée ouverte, l'apparition d'un mur d'or massif ou d'un lit de pépites dans lequel ils verront la fortune enchâssée.

Après le départ des prospecteurs, ils attendront, l'oreille aux aguets, l'annonce de la découverte. Une force mystérieuse propage, dans la forêt, les nouvelles avec la rapidité d'un message électrique.

Sur un indice, que rien ne permet de contrôler,

la ruée s'élance. Des milliers d'hommes, venus de tous les points de l'horizon, s'abattent tout à coup sur une tête de crique, mystérieusement désignée dans l'hallucination collective. En quelques jours, du sol défoncé, de la montagne éventrée, sort le trésor caché.

Chaque jour, le fleuve voit passer les caravanes de ces demi-fous qui vont, sans guides, presque sans vivres, à peu près nus, sur une route inconnue. Un prodigieux instinct les conduit et les protège.

Nul n'a jamais écrit l'épopée du peuple des mineurs noirs. Ils ont de la boue jusqu'au ventre; ils marchent, grelottant de faim et de fièvre, luttant jusqu'à la mort, pour arracher à la terre sa poudre d'or.

Ils ont souffert comme des damnés, la plupart sont morts ensevelis dans leur rêve, emportant avec eux la vision qui les guidait.

L'or rapporté par les vivants aurait permis de construire, sous les palmistes de Cayenne, la ville magique d'El Dorado. Combien de palais aux toits d'or s'élèveraient sur la Savane?...

Nul n'a jamais écrit la légende des mineurs guyanais.

L'histoire sublime, écrite sur l'eau boueuse des fleuves, s'en est allée dans le sillage des pirogues.

XLIX

LE brouillard s'étend, épais, sur la rivière; une humidité tiède imprégne les vêtements et les alourdit. Le corps nu des pagayeurs ruisselle comme s'ils étaient couverts de sueur.

De loin en loin, un souffle d'air fait monter et descendre les vapeurs dormantes.

— Quelle heure est-il?

Marthe, blottie à l'arrière du canot, mord avec force dans une canne à sucre. Elle mâche la fibre verte sirupeuse. Les yeux clignotants sous la lumière diffuse que rayonne la brume, elle interroge les pagayeurs Saramacas.

— Je m'ennuie... quelle heure est-il?

Elle s'étonne de la réponse précise donnée par le bosseman.

— Tu vois cela exactement au soleil? dit-elle.

— Je le vois au soleil et à tout ce qui nous entoure... Il y a tant d'indices pour guider les hommes... Les feuilles des arbres se penchent à certaines heures. J'écoute le frémissement des branches et le chant des oiseaux... quelques-uns commencent à chanter quand d'autres se taisent. Et les fleurs... les orchidées s'ouvrent et se ferment avec la marche du jour... les pois de senteur ont une odeur différente de l'aurore au crépuscule. Et la couleur des feuilles dont le vert est tantôt brillant et tantôt mat... Et surtout les palpitations de la rivière... l'eau change d'aspect à chaque instant... il y a les jeux des ombres qui tremblent sur l'eau... et le cœur du fleuve qui bat tantôt avec précipitation et tantôt qui se tient immobile, comme la gorge d'une femme évanouie.

Et ce sont des propos sans fin qui sont à l'âme de Marthe comme le babil incessant d'une mère au chevet d'un enfant.

La route est longue... Le convoi de pirogues avance avec lenteur contre le courant chaque jour plus sévère, sur le fleuve chaque jour plus étroit.

Lorsque la nuit approche, on voit des ombres grises ondoyer en silence hors de la forêt. Ce sont les hibous géants qu'aucun homme n'a jamais pu approcher.

Au passage des rapides, pendant que les hommes halent les pirogues à grands efforts sur les roches écumantes, nous allons à travers bois.

Marthe court au-devant de nous. Sa joie bruyante d'écolière se traduit en mille cris. Elle découvre des merveilles toujours nouvelles : une liane fleurie semblable à une guirlande de papier peint, une orchidée suspendue au tronc d'un arbre comme une épaisse touffe de gui. Sur le sol, c'est autre chose : des scorpions, des scolopendres, des fourmis innombrables, des termites, des scarabées monstrueux...

A travers le toit ajouré de la jungle passe une lumière violente, semblable à certains soirs d'automne. Les singes gris et noirs, à peine gros comme le poing, gambadent sur les arbustes et grimpent le long des lianes, comme des écureuils.

Nous traversons une région dépeuplée. Nous avons depuis deux jours dépassé la limite des placers.

Loin, très loin, on entend, prolongé et doux, le meuglement d'une bête inconnue; l'eau voisine clapote en frôlant précipitamment la berge abrupte.

Nous passons, sur un tronc d'arbre chancelant, une crique profondément encaissée. L'eau chante gaiement sous nos pieds; nous respirons au passage son haleine fraîche, acide et moisie.

Et nous allons ainsi, tantôt riant, tantôt silencieux, respirant à longs traits la vie odorante et verte qui nous vient de la terre. Une joie intime nous enveloppe de jeunesse; il semble à chaque instant que nous voyons un monde nouveau.

Le piétinement des monstres de la jungle : tapirs, maipouris, pumas, tigres et fourmiliers, a formé un sentier qui descend vers le fleuve où les bêtes vont boire et qui est en tout semblable au chemin tracé par les hommes.

Au bord de l'eau, sur le dégrad en pente douce, un bouquet de palmiers balance de grands éventails verts. Les palmiers géants ont jonché le sol de branches mortes, comme pour un triomphe.

Le port minuscule ressemble, sous l'encorbellement des palmes, à un berceau.

Nous restons là de longues heures, oisifs, attendant l'arrivée des pirogues.

L'eau scintille à nos pieds. Un grand ibis noir pêche sur la rive opposée. Il semble, sur ses pattes très fines et presque invisibles, planer mystérieusement dans l'air à quelques centimètres de l'eau.

Le silence est plein d'un véhément désir... les bruits lontains se heurtent. La vie toute-puissante des plantes règne seule ici.

Les hommes, endormis sous l'ombre des palmes alanguies, sont inertes comme si leur sommeil, pareil au repos des plantes, devait se prolonger éternellement.

L

LES feuilles, agitées au passage de Marthe, miroitent au soleil. Un court frémissement secoue la pénombre sous les arbres.

J'ai construit seul la maison qui m'abritera cette nuit; quatre piquets de wara soutiennent les branches de palmier en forme de toit et le hamac qui est tout l'ameublement.

Il n'y a aucune raison pour que Marthe vienne ainsi troubler l'heure molle de la sieste. Immobile dans l'enveloppement ajouré et aérien du hamac, j'observe ses mouvements à travers mes cils baissés.

— Je m'ennuie, dit-elle... Pourquoi ne parlez-vous pas?

Elle lisse ses cheveux rejetés en arrière, elle sait que la coiffure basse convient à son visage régulier.

La fleur sauvage, qu'elle porte sur sa gorge, a de longs pétales qui pendent languisamment.

Les mains nouées au cordage du hamac, très haut, à la toiture du carbet, elle penche sur mon front ses joues fraîches. Il y a autour d'elle un parfum de plante verte. Ses yeux ont des lumières d'autrefois... Sa taille, grandie par l'effort des bras allongés, ondule, féline, comme une liane au passage du vent.

— Je ne sais pas pourquoi je viens... les hommes dorment...

J'entends, dans ma poitrine, battre mon cœur;
les veines de mes poignets sont gonflées et se
tendent, et vibrent douloureusement. Les dents
serrées, tout le corps contracté, je lutte pour garder l'immobilité par quoi je voudrais affecter l'indifférence.

Pour me forcer sans doute à la regarder et à
lui parler, elle a pris ma tête dans ses mains...
ses mains sont moites. Je sens sur mon front passer, comme un picotement de pointes de feu, ses
cheveux qui me frôlent. Et je vois que ses lèvres
tremblent légèrement.

. . . .

Un jour, au placer Elysée, dans la case éblouie
de soleil couchant, j'ai vu le visage de Marthe
incliné sur le front de Marcel Marcellin. Ses
lèvres rouges caressaient la peau brune du créole.
D'un élan, elle avait pris à pleins bras le corps
splendide du jeune dieu noir, et, l'étreignant et le
berçant, elle disait...

Les lèvres rouges disaient aux lèvres frémissantes de l'athlète vaincu :

— Je suis éprise de vous...

. . . .

Elle est comme une jeune fille rougissante et

timide. Sa beauté blonde rayonne dans l'or du soleil tamisé par les branches.

Le silence tiède est plein de murmures lointains. Je suis là, comme un écolier pris en faute, troublé jusqu'au fond de l'âme, n'osant plus maintenant détacher mon regard de ses yeux.

Je presse dans mes mains jointes la fleur aux larges corolles que Marthe m'a donnée.

Je suis seul.

Le jeune soir ressemble à un jour pâle, poudré de safran. On entend le râclement des cornes de deux cerfs qui règlent à quelques pas du carbet une querelle d'amour. Les colibris passent en zig-zag dans l'air odorant.

Par un jour semblable, j'ai connu naguère la même ivresse.

Ainsi, une après-midi de sieste, Marthe était venue dormir sur mon épaule.

Pour elle, les lianes balançaient des orchidées géantes. Pour elle, les bois de rose exhalaient leur âme en délire.

Pour elle, comme une bête blessée, j'avais mordu à pleine dents, jusqu'au sang, le poing que j'avais mis sur mes lèvres pour ne pas crier.

Puis, au réveil des hommes, j'avais vu Marthe

s'abandonner, chancelante, aux bras de Marcellin.

— Je suis éprise de vous...

Il y a, derrière le rideau blanc de brume qui s'avance sur le fleuve, des cloches qui sonnent à toute volée. Le crépuscule, rapide comme la dégradation des lumières sur un décor de théâtre créant un soir artificiel, est une féérie de courtes explosions de feux de bengale.

Des voix chantent sous les frondaisons obscures.

Comme un homme oppressé, aspirant l'air qui le grise, je respire la fleur que Marthe m'a donnée et qui laisse à ma bouche une saveur acide et brûlante d'éther et de santal.

LA fleur que Marthe m'a donnée a laissé sur mes mains une odeur de santal.

Je vais et je viens dans l'encombrement du départ.

Des cris, des coups de marteaux, des poitrines nues qui halètent. Delorme s'empresse d'une barque à l'autre : il tempête et répète des ordres qui se perdent dans le brouhaha.

Marthe est assise, pensive, à l'arrière d'une pirogue prête à partir. Elle me fait signe de prendre place dans son embarcation.

Et ce parfum qui reste accroché à mes doigts comme de la glu...

Qui reconnaîtrait les hommes? Ils sont grossiers, querelleurs, et uniquement occupés du soin de leur bien-être.

Nos pagayeurs démarrent; un ordre les retient.

— Pas de traînards... nous partirons ensemble...

Le bruit redouble. C'est une révolte qui gronde. Les hommes, avec des gestes de découragement, prennent place dans les barques et manient les pagayes avec une lenteur voulue.

L'énergie de Delorme est toute verbale. Il est

lui-même frappé d'impuissance. Il semble que son autorité soit vaine et ses ordres sans objet.

La caravane est une troupe désemparée qui marche à l'aventure.

Une impression inconnue de solitude paralyse ma pensée. Toute mon âme est imprégnée par cette odeur de santal dont l'intensité semble croître. Je voudrais échapper à cette suggestion.

Un rameur m'injurie parce que je laisse flotter mes mains dans l'eau, et parce que ce geste ralentit la marche de la pirogue.

Je prends à mon tour la pagaye : les reins tendus, les jambes arc-boutées au banc, je rame de toutes mes forces. Mais, l'odeur est toujours là, subtile, pénétrante, comme si mes vêtements et toutes les fibres de mon corps secrétaient du santal.

Après l'étape de midi, Delorme donne en vain le signal du départ. Les hommes restent couchés à l'ombre des cacaoyers sauvages. Ils ont des yeux mauvais de chiens opprimés, prêts à mordre.

L'ingénieur, perdant tout contrôle sur lui-même, s'emporte, menace, et se couche à son tour sur le sable, secoué par une colère qui s'exhale en imprécations.

— L'Indien a disparu, dit Marthe.

Il n'était pas en effet au départ ce matin. Il voyage à sa guise, tantôt devançant le convoi, tantôt le suivant. Sur le fleuve, sa pirogue apparaît tout à coup aux tournants, là où rien ne fait prévoir sa présence, et disparaît de même.

— L'Indien a disparu, dit à nouveau Marthe.

Et je vois bien qu'elle connaît le mystère.

C'est encore l'heure lente et langoureuse de la sieste.

— Marthe, pourquoi m'avez-vous appelé dans la pirogue?

— ...

— Il y a quelque chose de changé. Hier encore, les hommes étaient résolus. Ils sont aujourd'hui semblables à des mercenaires insoumis.

— ...

— Et vous... vous êtes comme au premier jour du placer, vous êtes redevenue la femme pour laquelle les hommes se battaient.

Elle rit. Ses dents aiguës luisent; ses lèvres, rouges comme des lèvres fardées, s'offrent à l'amour, voluptueusement. Ses yeux mi-clos ont de longs regards obliques, des regards froids et pénétrants de chatte aux aguets. Tout son être respire la cruauté, le désir et l'indifférence.

— Marthe... le feu d'autrefois brûle encore en moi. Je croyais avoir oublié la blancheur de vos bras et l'éclat de vos yeux. Une autre vie commençait... je vois bien maintenant que les hommes qui sont là, et moi-même, sommes revenus à l'existence antérieure.

J'invoque en vain les arbres inertes et le fleuve... J'invoque en vain l'heure torride et le feu qui incendie toutes choses... Il n'y a pas, dans la langue des hommes, d'image qui puisse rendre la beauté de la femme étendue sur le sable, les pieds nus reflétés dans l'eau tranquille, le corps noyé dans la pénombre mouvante qui vient des longues palmes arrondies jusqu'à terre.

Marthe sourit; sa radieuse beauté est un fruit mûr et doré, ouvert sur le sol. Elle est toute la chair épanouie, tout le désir, toute la splendeur de l'été.

Je croise sur mon visage mes mains auxquelles je demande un parfum disparu. L'âme ardente des santals a pénétré le jeune corps qui est là, sous mes yeux, et qui irradie l'angoissante senteur du bois odorant.

Rampant sur le sol comme une bête attirée par la lumière, je prends, pour apaiser le feu de mes lèvres, la main souple et menue qui s'abandonne. Je bois ainsi le vin au goût d'ambre et de noisette, et je sens glisser sur ma nuque, ainsi qu'une écharpe de velours, le regard brûlant de Marthe.

*
**

L'Indien a disparu... L'univers n'est plus que confusion et discorde. Nous vivons à nouveau la vie antérieure.

Un homme est debout devant nous, ses jambes tremblent. Il parle de façon désordonnée et incompréhensible.

Puis, sous la lumière crue du soleil, d'autres hommes s'approchent, menaçants.

Qu'importe la suite... Les jours mauvais sont revenus... Des brutes aux instincts déchaînés se défient... La folie du désir fait grimacer les visages et vibrer chaque muscle des bêtes affolées.

Q'est devenue l'âme des choses? Tout est impassible et froid autour de nous.

Adossé à un palmier, Pierre Deschamps grince des dents et plie les jarrets, prêt à bondir. Une barre plisse son front. Puis il marche en rond autour de Marthe, menaçant comme un loup qui défend sa proie.

Marthe, simulant la terreur, gémit et pleure, et se recroqueville au pied de l'arbre. Cependant, tout son corps frémit. Une joie délirante la grise et la berce. Son beau visage douloureux et rayon-

nant se tourne à la fois vers chacun des hommes.
L'orgueil, et un égal désir de tous, lui donnent
une beauté intime et pénétrante que chacun croit
être seul à discerner.

LII

DES larmes, apportées par le soir tendre et fluide... des larmes, apaisantes, comme la vue d'une île après le typhon.

Et la solitude, lourde, muette et sereine... Les arbres recueillis vont dormir.

Quelques images passent encore dans les dernières heures du jour : des éclairs de couteaux ouverts; une tache de sang sur le sable; un corps convulsé par l'agonie... les dents serrées de Marthe, éclatantes dans la lumière qui éteint toutes les ombres du visage; puis, la bouche béante d'horreur, puis les bras suppliants noués au cou de Pierre blessé.

Rien ne trouble plus la quiétude du soir.

Une odeur forte et pénétrante d'ozone remplit l'air.

Çà et là, des colonnes de vapeurs bleues apparaissent et s'enveloppent d'étranges lueurs phosphorescentes.

Des points lumineux, semblables à des vers luisants, voltigent autour du brouillard bleuâtre et vitreux. Et, les formes habituelles apparaissent : des mains et des visages humains, irradiant une clarté lunaire, qui flottent et se déplacent, comme des objets à la dérive sur une eau calme.

Je sens tout près de moi une présence invisible. Mais l'ombre qui se détache des vapeurs du fleuve a déjà pris la forme du fantôme. Il est là qui me frôle et cherche à prendre mes mains.

Je me dérobe... Je vais fuir...

Le trouble magique m'envahit... Le regard du fantôme a pénétré jusqu'au fond de moi. Il me domine...

— Parle-moi... Mon âme fragile et malade chancelle. Tout est à jamais fini... Les hommes déments s'entretuent à nouveau.

Une obsession m'absorbe tout entier; mes mains sont imprégnées de santal... Et l'odeur enivrante glisse à travers mes doigts comme une buée, monte en spirales, et dessine une fleur sauvage à longs pétales blancs, une orchidée languissante qui est la fleur que Marthe m'avait donnée.

Suivant à la file indienne le bord du fleuve, les hommes avancent. Ils courbent souvent la tête pour éviter les branches basses des palétuviers. Parfois, ils entrent dans l'eau jusqu'aux genoux, au croisement des criques. Les voici assemblés. Leur visage est calme; la force qui est en eux se reflète dans leurs yeux apaisés. Ils préparent hâtivement, dans l'anse abritée où j'ai déjà tendu mon hamac, des carbets pour la nuit. Ils travaillent en silence, avec ardeur.

On entend la voix de Delorme qui se parle à lui-même et s'étonne :

— Quelle singulière idée d'accoster sur ce sable mouvant... Les Saramacas garderont les pirogues... Il faudra veiller à tour de rôle, car s'il a plu en amont, une crue soudaine peut venir... c'est une journée perdue...

Il parle avec lenteur, à la façon d'un homme désorienté, qui s'éveille après un cauchemar, et que la fatigue accable.

S'adressant au fantôme :

— Je me souviens à peine... Que s'est-il passé?

Le fantôme regarde sournoisement le fleuve. Une secrète horreur l'empêche de parler. Il s'éloigne dans la nuit, revient à pas mesurés, s'intéresse un instant au repas du soir que les hommes préparent.

— Et Marthe? et Pierre Deschamps? dit une voix, où sont-ils?

Delorme se retourne sur lui-même; on dirait qu'un coup vient de le frapper.

La gorge oppressée, parlant précipitamment, et cependant avec effort, comme un homme qui fait un aveu :

— Elle est couchée sur le sable, dit-il... Il y a du sang sur sa robe; Pierre Deschamps est auprès d'elle... Lui seul l'a frappée... lui seul... n'accuse personne.

— Voici l'heure du départ, dit l'Indien soudain apparu dans la pénombre d'un cacaoyer sauvage... les pagayeurs sont-ils prêts?

Il est ruisselant de sueur; la longue course qu'il a fournie a gonflé les veines de son cou, ses chevilles sont enflées. Il parle d'une voix sourde et haletante à la façon d'un coureur épuisé.

Aux questions de Delorme, il répond par un court récit : il y a quelque part à l'est, sur une crique, un abatis d'Indiens auquel il a rendu visite. Demain, une pirogue portant des vivres frais, de la cassave et du manioc, nous rejoindra au pied du grand saut. Les jeunes Indiens qui la monteront nous serviront de guides pour les jours à venir.

LIII

JE ne sais rien de toi, dit Marthe, quel est ton nom?... J'éprouve auprès de toi une belle impression de sécurité... Je suis sans force, sans volonté en ta présence, mais je ne t'aime pas... J'ai peur de ton regard... aucun désir ne m'attire vers toi... et cependant tout mon être frémit de joie parce que tu es là.

L'Indien, debout, immobile, est la statue vivante de la force. Ses muscles en saillie sous la peau dorée sont comme des ressorts d'acier tendus. Avec son visage maigre, les pommettes saillantes, le teint couleur de poudre de bronze, imberbe et sans rides, il a l'apparence d'un homme au sortir de l'adolescence. Les lèvres fines s'ouvrent sur des dents égales et blanches. Les cheveux très plats, très noirs et brillants, sont rejetés en arrière et cachent une partie de la nuque.

Toute la vie de l'Indien afflue à fleur de peau. Son visage rayonne une telle intelligence qu'il semble donner de la joie à qui le regarde. Des yeux clairs sort une flamme qui a la douceur du bleu et la puissance de l'or.

Sous aucun ciel, aucun homme n'a jamais égalé en beauté le Peau-Rouge des Hauts-Plateaux, pur de tout sang bâtard, de même qu'aucun arbre au monde n'a jamais égalé la splendeur du cèdre guyanais haut de cent mètres.

L'Indien porte en lui la force immense qui se retrouve dans toutes les manifestations de cette prodigieuse nature où chaque chose vivante dans tous les règnes, semble avoir atteint le plus haut degré de perfectionnement.

Mais, ce qui domine tout au contact de cet être surhumain, ce sont les irradiations qui jaillissent de lui et qui, sur tout homme de race blanche, produisent l'envoûtement.

— Je ne t'aime pas... dit Marthe, je n'ai pour toi aucun désir... Mais ta présence est un bain merveilleux de lumière et d'intime volupté.

— ...

— Pourquoi fais-tu avec nous la longue route? Quel motif as-tu de conduire ce convoi? Tu méprises les blancs qui t'emploient, tes mains n'ont jamais été souillées. Qu'est-ce qui te retient parmi nous?

Chaque jour, la jungle semble gagner en hauteur et en beauté. Parce qu'elle s'éloigne des terres basses, l'eau du fleuve est plus pure. On ne rencontre plus les reptiles grouillant dans la vase; les floraisons des lianes ont des couleurs tendres; le peuple innombrable des oiseaux dépasse en parure et en éclat les cortèges aériens des îles. L'air lui-même, avec l'altitude, est devenu plus clair, d'une limpidité diaphane et bleue. Un printemps éternel règne ici.

Ainsi, Marthe chemine aux côtés du Peau-Rouge dans le jardin de la jungle...

Des tonnelles et des bosquets couverts de liserons blancs et violets, des' labyrinthes et des grottes, des treillages et des charmilles et d'immenses palissades de lierre et de chèvrefeuille sauvage, des arceaux de lianes, des talus d'herbes grasses, des corbeilles de badianes au parfum d'absinthe, des espaliers de vigne-vierge grimpante... et de larges avenues soudain fermées par un mur de feuilles vertes amoncelées, des allées mystérieuses et des pelouses d'herbes de Para... Et, tombant en cascades, des terrasses de volubilis, d'églantines, de fenouils, d'héliotropes géants, de verveines, de jacinthes et de crocus jaunes, s'élevant des bords du fleuve jusqu'aux sommets vertigineux des hautes frondaisons.

Les bergamotiers en fleurs ont une odeur acide de citron; des bosquets d'orangers reposent sur un tapis de neige odorante. Les canelliers versent sur le sol leur écorce grise et les gaïacs exhalent une odeur capiteuse de coumarine et d'origan.

Ainsi, Marthe, presque nue, sous des vêtements de percale déchirés par les lames des cactus, et l'Indien splendidement nu, les reins couverts d'un calimbé noué sur le côté, cheminent dans le parc tropical où l'homme n'est encore jamais venu.

Ainsi, Marthe, rayonnante d'une joie intérieure dont elle ignore la source et qui vient peut-être du ciel très pur, de la sève luxuriante de la forêt vierge, du secret épanouissement de sa jeunesse... ainsi, Marthe interroge l'Indien.

— Ne quitte plus jamais la caravane, dit-elle. Lorsque tu pars, les hommes redeviennent cruels et stupides. Tu les domines à leur insu. Un regard de toi fait courber leur front. Ta présence est comme le jour qui pénètre le cœur de la forêt.

— ...

— Tu es le maître... Je suis heureuse... Asseyons-nous au bord de l'eau. Les hommes ne tarderont pas à nous rejoindre. Parle-moi... Dis-moi pourquoi tu es ici.

Les mains fines et longues nouées aux genoux, l'Indien accroupi et la tête penchée, médite.

Soudain, son regard de cuivre et d'acier se tourne vers les yeux de Marthe.

— Bientôt, dit-il, nous verrons le lac Parimé et la Ville. La mine est là, ruisselante de richesses... La cité pavée de blocs d'or... je te la donnerai.

— ...

— Le palais aux marches d'or massif... le tré-

sor de Manoa... je le prendrai... pour toi... je te
le donnerai.

Sur l'eau qui miroite, irisée, Marthe a lu les
mots écrits en lettres phosphorescentes :

— Je te le donnerai...

LIV

AU fond de l'ombre opaline, une pirogue s'avançait lentement; elle se dessina enfin, toute blanche et comme enveloppée de brume, laissant apparaître les silhouettes des pagayeurs noirs. L'épuisement des hommes était tel que les courtes rames s'enfonçaient à peine dans l'eau, sans troubler le silence. L'embarcation montait si mollement qu'on l'aurait crue chargée à couler et flottant sur une vase résistante.

Comme la pirogue touchait la berge, Marcel se leva; il fit un effort pour escalader les bancs et tomba sur les genoux. Marchant sur les mains, il rampa, et, parvenu sur la terre gluante, ne put se relever, comme si ses mains et ses genoux adhéraient au sol. Il avait la tête enveloppée d'un linge, le buste nu; le pantalon n'était plus qu'une loque; il était nu-pieds.

Un à un, les hommes également décharnés et dépenaillés sortirent de l'embarcation.

Puis, une ombre encore apparut sur l'eau mate. Pierre Deschamps, Marthe et l'Indien descendirent de la deuxième pirogue. Le Peau-Rouge, portant dans ses bras la jeune femme, glissa sur le sol humide et s'abattit. Marthe poussant des gémissements se releva seule. Les Saramacas durent aider l'Indien dont les genoux fléchissaient.

Très tard dans la nuit, les hommes étaient encore accroupis autour du feu. La lumière rouge du brasier accentuait les ombres des visages creusés par les souffrances.

A peu près également nus, quatre Saramacas à la silhouette squelettique, Marcel Marcellin, Delorme, Pierre Deschamps, Marthe et l'Indien, étaient tout ce qui restait de la caravane partie six mois auparavant du placer Elysée.

Depuis vingt jours, les vivres et les munitions épuisés, ils vivaient de poissons, de crabes et de fruits crus. Le défaut de sel était la plus cruelle souffrance. La nuit, pour se protéger du froid et de l'humidité, ils dormaient côte à côte sur un lit de feuilles sèches.

La fatigue et les privations avaient peu à peu dispersé les hommes du convoi dans les tombes hâtivement creusées au bord du fleuve.

Ils ne parlaient plus. Leux yeux semblaient hallucinés par la flamme du foyer; ils se tenaient grelottants de fièvre et de froid, en cercle, comme des loups décharnés.

Renard, le forçat, était mort le dernier. Ils n'avaient pas eu la force de l'enterrer et l'avaient laissé dans la pirogue où il était tombé. Ils avaient recouvert son corps de palmes vertes et de hautes herbes. La pirogue était partie, abandonnée au courant.

Comme il s'était cramponné à la vie... C'était lui, qui, dans les derniers jours, disait les paroles d'énergie et de passion qui ressuscitent l'âme.

Les ténèbres étaient froides et lourdes aux épaules ainsi qu'une bruine d'automne. Les hommes s'approchaient des braises du foyer jusqu'à sentir la morsure du feu.

Ils se taisaient. Autour d'eux le frémissement de la solitude s'insinuait et les enserrait de plus en plus. Ils n'avaient plus la force de se lever et le sommeil qui les gagnait était comme une main de plomb qui s'abattait et les étreignait à la nuque.

— J'ai peur, fit Marthe... et j'ai soif... et je souffre.

Sa voix était si altérée qu'on aurait cru que c'était une autre qui parlait.

Aucune voix ne répondit, Pierre se pencha sur la jeune femme et mit les mains sur ses genoux nus.

Les hommes du convoi mouraient, un à un sur la route.

Ils allaient ainsi sur le fleuve sans fin, avec la lumière meurtrière et le vent qui siffle. Ils mou-

raient de faim au bord de la forêt prodigue et sur-
peuplée.

Il ne restait plus que deux pirogues et des
vivres parcimonieusement mesurés pour une semaine encore. Tout l'outillage avait sombré.

Ils naviguaient maintenant sur une sorte de ruisseau étroit qui marquait la dernière limite des
hauts-bassins.

— Quelques jours encore, disait l'Indien...
Rappelez-vous le plateau et le lac... quelques
jours encore, nous hisserons les pirogues sur la
lagune qui conduit à la Ville.

Il parlait difficilement; quelque chose le tenait
à la gorge et l'étouffait, tandis qu'il étreignait la
main de Pierre Deschamps.

Ils dormaient parfois douze et quinze heures;
au réveil, leurs membres étaient encore engourdis
et douloureux.

LV

L'INDIEN, avec des précautions infinies, étendit sur le boucan couvert de feuilles mortes le corps inerte de Marthe qu'il portait dans ses bras.

Elle ouvrit les yeux. L'Indien tressaillit comme si ce regard lui faisait froid à l'âme. Il étala sur elle la bourre blanche d'un fromager, épaisse et chaude comme la laine. Puis, accroupi sur le sol, il alluma le feu. Il ne distinguait plus d'elle que l'éclat de ses cheveux dans un rayon de lumière.

La fièvre avait rendu aux joues de Marthe leur éclat d'autrefois; ses yeux dilatés brillaient comme des braises. Un gémissement rapprocha l'Indien; ses mains pressèrent celles qui se tendaient vers lui et qui étaient brûlantes et sèches.

La nuit, livide sous la lune, la nuit immaculée et calme de l'Equateur, s'ouvrait comme un horizon d'argent dans la plaine immense.

Tout dormait : la jungle et l'eau, les plantes et les bêtes et le ciel lui-même où les étoiles étaient des diamants bleus.

Une vision surgit lentement, très loin, dans la lumière blafarde : deux hommes s'avançaient penchés et chancelants, semblables à des bêtes cherchant une trace. Lorsqu'ils atteignirent le feu

allumé par l'Indien, Marcel et Pierre Deschamps
s'écroulèrent sur le sol en gémissant. La fièvre les
secouait de mouvements convulsifs. Ils étaient,
comme l'Indien, entièrement nus; ils semblaient
aspirer par tous les pores de leur peau la chaleur
vivifiante du feu.

On entendit la voix de Marthe appelant :

— Pierre...

Dans le silence lunaire, l'appel de Marthe se
perdit. Parfois, de la poitrine de la jungle endormie s'exhalait un lourd frémissement, un soupir
semblable à un lent battement d'aile.

Puis, de nouveau, pendant des heures, le silence froid, tendu comme un suaire d'un bout à
l'autre de l'horizon...

— J'ai soif, dit Marthe.

Elle était, dans cette nuit blême, si pâle, que
son visage raidi ressemblait à un masque de pla-
tine.

L'Indien, ayant constaté que la fièvre était
tombée, ouvrit une veine de son bras et appliqua
la blessure sur les lèvres de la mourante. Le goût
salé du sang ranima Marthe qui voulut sourire.

Le sang, sur sa bouche, était comme un fruit
trop mûr, écrasé.

C'ÉTAIT un matin miraculeusement rose, une aurore sur la montagne.

Au loin, les arbres étagés vers le bas étaient poudrés de brume et ressemblaient à des vergers en fleurs. Toutes les feuilles étaient rouges, toutes les branches étaient blanches.

Tout au fond, le soleil levant agitait à la brise des rubans bariolés et diaprés, changeant à chaque instant comme un décor sous des feux de projecteur... des rubans lilas et mauves, violets et pourpres, rose-chair et capucine, orange et blonds, gris-cendrés et fauves et tendres.

La terrasse, où ils avaient passé la nuit, était encore grise des ombres étirées. L'air, entre les branches, avait une teinte cuivrée, brunâtre et rousse.

Sur le monde épanoui du matin, il y avait ce qui tue : la solitude qui pénètre le sang de l'homme, son âme et sa chair... la désolation qui s'étend sur des centaines de milles plus loin que l'horizon... il y avait la désolation affolante du silence sur la plaine verte et diaprée.

Lorsque la lumière du soleil eut éclairé l'abri, l'Indien vit que Pierre Deschamps et Marcel

dormaient, la tête enfouie dans les cendres froides
du foyer éteint.

Alors, il réveilla Marthe qui, dans l'enveloppement floconneux de la laine végétale, ressemblait
à une momie sous la neige.

L'Indien prit dans la pirogue des vivres dont il
fit une charge.

— Regarde, dit-il, encore quelques collines...
Le lac est là... Nous trouverons du miel au parfum d'anis dans les bambous. J'ai pour toi des
œufs d'iguanes. Si ton cœur bat plus lentement, je
couperai pour toi une liane enivrante, et tu boiras
la drogue au goût d'éther.

Ils partirent, marchant entre les aloès et les
figuiers épineux. Dans les clairières, le soleil dessinait sur le sol l'ombre de Marthe en forme
d'amphore.

— Bientôt, nous verrons les toits d'or étagés,
escaladant la falaise. Nous verrons les coupoles,
les aiguilles et les pylônes luisants.

— ...

— Nous verrons les avenues tendues de faça-
des miroitantes, les plaques de métal des terrasses, les colonnades et les balcons, et toute l'architecture d'or gris, d'or vert, d'or rouge. Les
palais, les maisons, et tout l'or qu'ils supportent...
je te les donnerai.

— ...

— Les femmes sont vêtues de brocarts chamarrés. Sur leurs seins battent des colliers de corindons, d'hyacinthes, de saphirs et de perles. Les traînes et les plis de leurs manteaux s'agrafent avec des diamants. Les étoffes précieuses, les gemmes et les joyaux... je te les donnerai.

— ...

— Il y a, dans le palais d'El Dorado, un lit merveilleux, un lit très bas soutenu par des torsades de cristal. Sur les coussins de duvet de cygne, dans la fraîcheur des jets d'eau voisins, tu dormiras... tu dormiras...

Marthe et l'Indien s'acheminaient vers la Ville.

— Et toi? dit-elle, tu seras là... pour toujours...

— Pour toujours...

Assise sur un tronc d'arbre mort, Marthe, la tête appuyée à l'épaule de l'Indien, écoutait encore les paroles magiques. Ses yeux brillaient d'orgueil et d'espoir.

Une voix retentit au bas du chemin.

— Marthe, ne m'abandonne pas...

Pierre Deschamps, mourant d'épuisement, se traînait, suppliant :

— Ne m'abandonne pas... Ah! ne plus te voir jamais...

Marthe, à cet appel, se retourna. Le soleil luisait dans ses cheveux; ses yeux bleus se levèrent vers lui; elle sourit.

— Ne m'abandonne pas.

Elle tendit les mains vers l'homme couché sur le sol, les bras en croix. Elle hésita... Et, ramenant sur ses épaules ses cheveux dénoués que le vent agitait, elle appuya, en frissonnant, son bras sur le bras de l'Indien. Elle s'approcha, câline et tendre, plus près encore du magicien aux yeux phosphorescents :

— Partons, dit-elle, je veux voir la Ville, l'or des murailles, les bijoux et les brocarts, et le lit aux balustres de cristal.

ACHEVÉ D'IMPRIMER
sur les presses de l'Association linotypiste le
dix avril mil neuf cent vingt-deux.
L'édition originale comprend deux cents
exemplaires sur papier vergé de Corvol,
numérotés de 1 à 200.
Le tirage d⋅ l   comprend dix exemplaires
imprimés sur papier de Hollande Van
Gelder et numérotés de 1 à X.